JN001801

みすゞのわかれ童謡（うた）

金子みすゞの自選投稿１０６作品と、
自死後公開９作品を一挙掲載！

川合宣雄

10章　追憶のみすゞ

1章　小さな書店から

大正12年の夏、二十歳の金子テルは小柄な体に着物姿、その上から事務服を着て、小さな本屋で落ち着かなかった。

いつもならば歩いて10分ほどの上山文英堂本店を出ると、西之端通りに面した商品館にある支店を開け、すぐに好きな本を読み始めるのだが、その日はとても読書どころではなかった。

やがて本店からリヤカーで届けられた新刊書を開いてみると、そこには自分の投稿した作品が載っていた。

お魚

海の魚（さかな）はかはいさう。

お米は人につくられる、
牛は牧場で飼（か）はれてる、
鯉もお池で麩（ふ）を貰ふ。

けれども、海のおさかなは、
なんにも世話にならないし、
いたづら一つしないのに、
かうして私に食べられる。

ほんとに魚はかはいさう。

童話・大正12年9月号

打出の小槌

打出の小槌貰うたら
私は何を出しませう。

羊羹、カステラ、甘納豆、

姉さんとおんなじ腕時計。
まだまだそれよりまつ白な、
唄の上手（じやうず）な鸚鵡（あうむ）を出して、
赤い帽子（しやつぽ）の小人を出して、
毎日踊りを見せうか。

いいえ、それよりおはなしの、
一寸法師がしたやうに、
背丈（せたけ）を出して一ぺんに
大人になれたらうれしいな。

童話・大正12年9月号

自分の作品が雑誌に載るだけでも感激なのに、この号では西條八十の好意的な選評まで掲載されていた。

「‥閨秀の童謡詩人が皆無の今日、この調子で努力して頂きたいとおもふ。」

テルのよろこびは大きかったが、そのよろこびは童話一誌のみでは終わらなかった。

芝居小屋

蓆でこさへた
芝居小屋、
芝居はきのふ
終へました。

のぼりの立ってた
あたりでは、
仔牛が草を
たべてゐる。

蓆でこさへた

芝居小屋、
夕日は海に
しづみます。

蓆の小屋の
屋根のうへ、
かもめが赤く
染まつてる。

八百屋（やほや）のお鳩（はと）

親鳩、子鳩、
お鳩が三羽
八百屋の軒で

婦人倶楽部・9月号

クックと鳴いた。

茄子（なす）はむらさき
キャベツはみどり、
いちごの赤も、
つやつや濡れて。

なァにを買をぞ、
しィろい鳩は、
知らぬかほして
クックと鳴いた。

金の星・9月号

おとむらひ

ふみがらの、おとむらひ、
鐘もならない、お供(とも)もゐない、
ほんにさみしいおとむらひ。

うす桃色(もゝいろ)のなつかしさ、
憎(にく)い、大きな、状(じやう)ぶくろ、
涙(なみだ)ににじむだインクのあとも、
封(ふう)じこめた花(はな)びらも、
めらめらと、わけなく燃える、
焔(ほのほ)が文字になりもせで、

すぎた日(ひ)のおもひ出(で)は、
ゆるやかに、いま

夕(ゆふ)ぐれの空(そら)へ立(た)ちのぼる。

婦人画報・9月号抒情小曲欄

この「おとむらひ」の中には、今まで生まれ育ってきた大津郡仙崎村には、もう自分の帰るべき場所がないという淋しさが込められていた。風光明媚な青海島に、鼻づらを突き合わすように伸びた仙崎を出ることになった事情を恨むでもなく、テルが火にくべる手紙やハガキは静かに燃えていった。

テルが働くことになった上山文英堂は、教科書から洋書までを手広く扱う大きな書店で、下関市内にも三つの支店を持ち、彼女がたったひとりで任されたのが西之端町の店だった。

雑誌類を広げる台がふたつ、書籍を並べてある本棚がふたつ、その中間の極めて狭いスペースに小さな机と腰掛けがあって、それがテルのお城のすべてだった。

仙崎とは比べものにならないほど開けている下関で新生活を送ることになったテルは、それまでの読んで夢想するだけだった文学少女時代から一歩突き抜けて、自作の童謡を投稿することによろこびを見出すようになっていった。

空（そら）のあちら

空のあちらに何がある。

かみなりさんも知らないし、
入道雲も知らないし、
お日ィさまさへ知らぬこと。

空のあちらにあるものは、
海と山とが話したり、
人が烏（からす）になりかはる、
不思議な
魔法（まはふ）の世界なの。

童話・10月号

にはとり

お年をとった
にはとりは、
荒れた畑に
立つてゐる。

わかれたひよこは
どうしたか、
畑に立つて
おもつてる。

草のしげつた、
畑には、
葱（ねぎ）の坊主（ばうず）が

三四本。
よごれた、白い
にはとりは
荒れた畑に
立つてゐる。

童話・10月号

西條八十が選者となっている童話誌上に、続いて掲載される嬉しさを、テルは素直に書いて11月号の通信欄に送った。ただし皮肉なことに、この号ではテルの投稿作はタイトルも無しの選外佳作となっている。

「童謡と申すものをつくり始めましてから一カ月、おづおづと出しましたもの。落選と思い決めてそれを明らかにするのがいやさに、あぶなく雑誌を見ないですごす所でした。嬉しいのを通りこして泣きたくなりました。ほんたうにありがたうございました。

（下関市、金子みすゞ）」

瀬戸（せと）の雨（あめ）

ふつたり、止んだり、小ぬか雨、
行つたり、来たり、渡し舟。

瀬戸で出逢（であ）つた潮（しほ）どうし、

「こんちは悪いお天氣で。」

「どちらへ」

「むかうの外海へ。」

「私はあちらよ。さやうなら。」

なかはくるくる渦（うづ）を巻く。

行つたり、来たり、渡し舟、
降つたり、止んだり、日が暮れる。

婦人倶楽部・11月号

この頃、東京の大書店に見習いに行かされていた跡取り息子の正祐(まさすけ)が、関東大震災で焼け出される風にして帰関している。正祐は音楽か戯曲で身を立てたいと願っている芸術家肌だから、商売のためなら多少の不正でもやってしまう家主の松蔵とはそりが合わなかったが、反対に文学に通じているテルとは気が合った。

自分が東京に行っている半年足らずの間に、雑誌に掲載されるほど優れた童謡を何作も創っているテルに触発される形で、正祐もまた作曲へとのめり込んでいくのだが、それは書店経営とは相容れない生き方であって、やがて大きな衝突となるのは明らかだった。

それでも表面上はうまく動いていたのは、正祐がおとなしく店の手伝いをしているからだった。彼は夜になって、テルとふたりだけで部屋にこもって文学談義に更けることとさえできれば、それで満足だった。テルにしても正祐との語り合いはよろこびだったが、その嬉しいはずの会話を心底から楽しめないのは、彼に対して大きな秘密を抱いているからだった。

テルだけでなく、店の誰でもが知っている秘密を知らないのは、下関でも大きな勢力を持っている上山文英堂の跡取り息子の正祐だけだったが、そんな周囲の思いとは関係なしに大正13年の年が明けていった。

　小さな書店での仕事は忙しくなかったが、それでもたまに訪れる客には丁寧に対応した。ふるさと仙崎の家も小さな本屋さんであり、下関の今の店でも好きなだけ売り物の本を読むことのできるテルは随分と教養を深めていったが、そんな知識をことさらひけらかすこともなく、いつも控えめに接客していた。

　小さな書店には、小さなお客さんが訪れることもあった。学校帰りに恐るおそる雑誌の立ち読みをする子供らを、テルは追い返すどころか、いつも自分が座っている場所をすすめるほどだったという。

　そんな光景を何度も目にしている本店の奉公人たちが「ただ読みさせているところを大将に見つかったら、ひどく叱られますよ」と忠告することもあったが、テルは意に介さなかった。彼女はただ、好きな本に囲まれて、好きな時に童謡を作れる今の環境が好きだった。そしてテルの作る童謡詩は、その数多くが**童話**誌上に掲載され、次第に投稿仲間の注目を集めていくこととなった。

　まず、西條八十が選者をしている**童話**に、一挙3点の作品が載った。

砂(すな)の王國(わうこく)

私はいま、
砂のお國の王様です。

お山と、谷と、野原と、川を、
おもふ通りに變(か)へてゆきます。

お伽ばなしの王様だつて、
じぶんの國のお山や川を、
こんなに變へはしないでせう。

私はいま、
ほんとにえらい王様です。

童話・大正13年1月号

紋附き

しづかな秋のくれ方が、
きれいな紋附き着てました。

しろい御紋はお月さま、
藍をぼかした水いろの、
裾のもやうは紺の山、
海はきらきら銀砂子。

紺のお山にちらちらと、
散つた灯りは刺繍でせう。

どこへお嫁にいくのやら、
しづかな秋のくれがたが、

きれいな紋つき着てました。

童話・大正13年1月号

美しい町

ふと思ひ出す、あの町の、
川のほとりの赤い屋根。

さうして、青い大川の
水のうへには白い帆が、
静かに、静かに、動いてた。

さうして、川岸の草のうへ、
若い繪描きの小父さんが、
ぼんやり水をみつめてた。

さうして、私は何してた。
おもひ出せぬとおもつたら、
それは誰かに借りてゐた、
御本の挿繪（さしえ）でありました。

童話・1月号

2月には3誌に作品が載ったが、このうちの**婦人倶楽部**では、この号で童謡募集がなくなったので最後の掲載となった。

おとむらひの日（ひ）

お花や旗でかざられた、
よそのとむらひ見るたびに、
うちにもあればいいのに、と、
こなひだまでは、思つてた。

だけども、けふはつまらない、
人は多ぜいゐるけれど、
たれも對手にならないし、
都から來たをばさまは、
だまつて涙をためてるし、
誰も叱りはしないけど、
なんだか私は怖かつた。
お店で小さくなつてたら、
家から雲が湧くやうに、
長い行列、出て行つた。
あとは、なほさら、さみしいな、
ほんとにけふは、さみしいな。

童話・大正13年2月号

噴水(ふんすゐ)の亀(かめ)

お宮の池の噴水(ふんすゐ)は、
水を噴(ふ)かなく
なりました。

水を噴(ふ)かない亀の子は、
空をみあげて
さみしさう。

濁(にご)つた池の水のうへ、
落葉がそつと
散りました。

童話・2月号

麥藁(むぎわら)編(あ)む子の唄

私の編んでる麥藁は、
どんなお帽子になるか知ら。

紺青(こんじやう)いろに染められて、
あかいリボンを附けられて、
遠い都のかざりまど、
明るい電燈(でんき)に照(て)らされて
やがてかはいいおかつぱの、
孃(ぢよつ)ちやんのおつむにかぶられる……。

私もついてゆきたいな。

婦人の友・2月号

手帳（てちやう）

しづかな朝の砂濱で、
ちひさな手帳見ィつけた。
緋繻子（ひじゆす）の表紙、金の文字、
なかはまつ白、あたらしい。

誰が落としていつたやら、
波にきいても波ざんざ、
みえるかぎりをさがしても、
砂には足のあともない。

きつと夜あけに飛んでゐた、
南へかへるつばくらが、

旅の日記をつけよとて、
購うて落として行ったのよ。

婦人倶楽部・2月号

大正7年に鈴木三重吉が（…世間の小さな人たちのために、芸術として真価ある純麗な童話と童謡を創作する、最初の運動を起こしたい…）と雑誌**赤い鳥**を発行、翌8年には**金の船**が、さらに大正9年には**童話**が創刊されて、テルが投稿を始めた大正12年ころは、まさに子供のための童謡の全盛期を迎えていた。

今も歌い継がれる童謡の名曲は、そのほとんどがこの時期に作られている。たとえば「赤い鳥小鳥」「あわて床屋」「アメフリ」「雨」「からたちの花」「揺籃のうた」は北原白秋が、「かなりや」「鞠と殿さま」「肩たたき」「風（クリスティナ・ロセッティ）」等は西條八十が、「靴が鳴る」「叱られて」「雀の学校」は清水かつらが、「七つの子」「青い目の人形」「黄金虫」「しゃぼん玉」「赤い靴」「雨降りお月さん」を野口雨情が、そして加藤まさおの「月の砂漠」、蕗谷紅児の「花嫁人形」などが作られ、まだラジオ放送が始まってもいない中、雑誌や新聞に音符付きで発表されては音楽会や学校、あるいは道に立って語り歌う演歌師などを通じて広まっていった。

テルが童謡作りを始めたのがこんな時代で、本屋を営んでいたせいで、最新の情報をいち早く入手できたテルや正祐はかなり恵まれた境遇にあったともいえる。

そして**童話**3月号には、またしてもテルの作った童謡が3点も掲載された。

大漁（たいれふ）

朝焼小焼だ
大漁（たいれふ）だ、
大羽鰮（おほばいわし）の
大漁だ。

濱はまつりの
やうだけど

海のなかでは
何萬(なんまん)の
鰮(いわし)のとむらひ
するだらう。

童話・大正13年3月号

おはなし

青い、きれいな野の果に、
銀にひかるは湖水(こすゐ)です。

湖水の岸の御殿には、
小さな、小さな、女王さま、
(それは魔法(まはふ)のみづうみで、
小さくなつた私です。)

うしろに並ぶお侍女（こしもと）、
（それはやつぱりみづうみで、
小さくなつた、お友だち。）
前の御家來（ごけらい）、ひげ男、
（それは私の先生よ。）
黄金（きん）の時計がいま鳴つて、
ちひさな女王は花びらで、
お花の蜜（みつ）を召しあがる……。

こんなおはなししたけれど、
大人は笑つてしまひます。
なんだか私はさびしいな。

童話・3月号

色紙（いろがみ）

けふはさみしい曇り空、
あんまり淋しいくもり空。

暗いはとばに遊んでる、
白いお鳩の小さな足に、
赤やみどりの色紙を、
長くつないでやりませう。

そして一しよに飛ばせたら、
どんなにお空がきれいでせう。

童話・3月号

西條八十の好意的な選評と、応援してくれる読者の投稿に励まされる形で童謡を作り続けるテルだったが、彼女のそんな姿は周囲に影響を及ぼさずにはおかなかった。
良い影響としては、毎晩のように芸術論を交わす正祐の作曲した「てんと蟲」が**赤い鳥**4月号に載った。彼女に触発されて北原白秋の詩に曲をつけた正祐の、**赤い鳥**推奨掲載をテルは我がことのようによろこんだ。

けれども時代の先端を行くようなテルの生き方に対して、世間一般の風評はあまり芳（かんば）しいものではなかった。女は家庭に入って子育てをすれば事足れりとする風潮の中にあって、一流誌に毎回作品を取り上げられるテルに対する風当たりも、次第に強くなっていった。そんなことばかりに夢中になっていると、嫁（い）き遅れてしまうと忠告してくれる人もあり、実際に母ミチや義父の松蔵も本気で心配していたが、自分でも面白いように詩ごころの湧きあがってくるテルの勢いは止まらなかった。

樂隊（がくたい）

とうからここですねてるに、
誰も探してくれないの。

なぜだか知らない、すねてるに、
誰もみつけてくれないの。

活動寫眞の樂隊の、
とほくなるのを聞いてたら、
なんだか泣きたくなつちやつた。

童話・大正13年4月号

浮(う)き島(しま)

私は島が欲しいのよ。

波のまにまにゆれ動く、
それはちひさな浮き島よ。

島はいつでも、花ざかり、
小さなお家も花の屋根。
みどりの海に影さして、
ゆらゆらゆれて流れるの。
そして、景色も見飽きたら、
海へざんぶりとび込んで、
私の島をくぐっては、
かくれんぼしてあすばれる、
そんな小島が欲しいのよ。

童話・4月号

喧嘩のあと

ひとりになつた、
ひとりになつた。
むしろの上はさみしいな。

私は知らない、
あの子がさきよ。
だけども、だけども、さみしいな。

お人形さんも
ひとりになつた。
お人形抱いてもさみしいな。

あんずの花が

ほろほろほろり、
むしろの上はさみしいな。

童話・4月号

しばらくの間は童話誌上のみでの作品掲載が続いたが、ほかの雑誌への投稿もしなかったわけではない。そしてその傾向としては、やはり本屋ならではの幅広い情報を集めた結果としての、多方面な雑誌や新発誌への投稿が見られる。

パチンコと雀（すずめ）

雀（すずめ）がお屋根（やね）で
ふくれてた
お手（て）まりみたいに
ふくれてた。

パチンコでびつくり
逃げてつた
ひとりでぷりぷり
おこつてた

ぷりぷりおこつて
ふくれてた。

主婦の友・4月号

げんげ畑

花もちらほら咲いてるに
げんげ畑は犂かれます。

優しい眸をした赤牛の

あとから犂(すき)がひかるとき
青い葉つぱは土(つち)の下(した)
かはいゝお花も土の下
泣いても泣いても起きられぬ。

いつか、ひとりで摘(つ)んでゐた
げんげ畑が犂(す)かれます。

銀の壺・大正13年春季特輯号

新しく発刊された童謡詩誌**銀の壺**は、本文の全部がピンク色の楕円のイラストで囲まれており、表紙とカットが加藤まさを、冒頭の詩が西條八十という、かなり気合いの入ったモダンな造りの本だった。そんな新しい本の情報をいち早く仕入れて、投稿したとみられるテルの作品だが、最初から採算を度外視しているのかも知れない危なさも社主の創刊の言葉からうかがえる。

…銀の壺は生まれたばかりのベビーチャンなのだまだ利益なぞと云ふ言葉も何も知らない。只多勢の者に可愛がられようとしてゐるのだ。で會員も誌友皆春の野に咲くスミレタンポポレンゲ等の可憐な草花だ銀の壺は其草ムラから生まれたものだ、そうして銀の壺に載る作品は皆こうした可憐な草花の心から出る言葉なのだ…。

牛久賢介　　銀の壺社

そして春もたけなわの4月発売の**童話**誌上に、一挙5作品が載るという快挙を成し遂げることとなった。

神輿(みこし)

あかい提灯(ちやうちん)
まだ灯がつかぬ
秋のまつりの
日ぐれがた。

あそびつかれて
お家へもどりや、
お父さんは
お客さま、
お母さんは
いそがしい。

ふっとさびしい
日ぐれがた、
裏の通りを
嵐のやうに
神輿（みこし）のゆくのを
ききました。

童話・大正13年5月号

石ころ

きのふは子供を
ころばせて
けふもお馬を
つまづかす、
あしたは誰が
とほるやら。

田舎のみちの
石ころは、
赤い夕日に
けろりかん。

童話・5月号

つつじ

小山（こやま）のうへに
ひとりゐて
赤いつつじの
蜜（みつ）を吸（す）ふ。

どこまで青い
春のそら、
私はちひさな
蟻か知ら。

あまいつつじの
蜜を吸ふ、
私はくろい

蟻か知ら。

硝子

おもひ出すのは、雪の日に、
落ちて砕けた窓硝子。

あとで、あとでと、思つてて
ひろはなかつた窓硝子。

びつこの犬をみるたびに
もしやあの日の窓下を、
とほりやせぬかと思つては、

童話・5月号

忘れられない、雪の日の
雪にひかつた、窓硝子（がらす）。

童話・5月号

子供の時計

こんな時計はないか知ら。

三里さきから字が讀める、
お城のやうな、大時計。
なかのお部屋にあつまつて、
みんなで針をまはしたり、
大きな振子に乗つかつて、

遠くの遠くを眺めたり、
そして一しよにうたふとき、
朝はお日さま眼をさまし、
日ぐれは星が出るならば、
どんなに私はうれしかろ。

山いくつ

町のうしろはひくい山、
山のむかうに村ひとつ、
村のあちらは高い山、
それから先は知らないの。

童話・5月号

お山をいくつ、越えたなら、
いつかの夢のなつかしい、
黄金のお城がみえるでせう。

婦人の友・5月号

この作品には、西條八十がひときわ好意的な選評を載せている。

（金子みすゞさんの「山いくつ」は何でもないことを謡つてゐるやうだけど、巧みに幼い人の夢みがちな心持を捉へてゐる。ああ、黄金の城！　黄金の城！　私たちは大人になつてもこの人生の沙漠の彼方の美しい城を信じ且欲望してゐる。）

おなじ号に、西條先生渡仏後は、佐藤春夫氏が選者となりますとのお知らせがのっている。

そして**童話**の6月号には3作が掲載されたが、通信欄にもテルの投書が寄せられた。

「いつまでも待つまいと思つてゐましても、一五六日になりますとぢりぢりするほど待ちどほしくなります。でもその待つ間のながいだけ、あのきれいな表紙を見たときの喜びは大きうございます。ことに自分の作品が三つも選ばれてゐるのを見いだしたときは！　すこしまた涙ぐみました。泣きむしですからお礼のことばもありません。（下関　金子みすゞ）」

箱庭（はこには）

私のこさへた箱庭を、
たあれも見てはくれないの。

お空は青いに母さんは、
いつもお店で忙（せは）しさう。

まつりはすんだに母さんは、
いつまであんなにいそがしい。

蟬のなく聲ききながら、

私はお庭をこはします。

花(はな)びらの波(なみ)

草屋の軒に花が散る、
丘の上でも花が散る、
日本ぢゆうに花が散る。

日本ぢゆうに散る花を、
あつめて海にうかべましよ。

そして、静かなくれ方に、
あかいお舟でぎいちらこ、
色とりどりのうつくしい、

童話・大正13年6月号

お花の波にゆすられて、
とほい沖までまゐりましよ。

童話・6月号

電報くばり

赤い自轉車、ゆくみちは、
右もひだりも麥ばたけ。

赤い自轉車、乘つてるは、
電報くばりの黑い服。

しづかな村のどの家へ、
どんな知らせがゆくのやら、

麦のあひだの街道（かいだう）を、
赤い自轉車いそぎます。

童話・6月号

テルがもっぱら投稿している雑誌**童話**には、推薦と入選があり、それぞれ出来映えによって順位がつけられていた。それ以外にも佳作と選外佳作とがあり、誰のどの作品にも選者による順番が決められていた。

テルはただ、自分の投稿作が本に載るだけで嬉しかったが、いつの間にか周囲がざわつき始めていった。

童謡を作って投稿する人は少なくなかったが、テルのように毎回、それも複数の作品が連続して選ばれるのは稀だった。いつしかテルは投稿仲間の希望の星となり、あるいは一段と高い存在として見られる立場になっていった。

小さな本屋の、小さな机に向かって、子供の頃に帰っての思いをつむいでいるだけで満足しているテルだったが、そんな状況下でまわりが勝手に騒ぎ立てる様相にもなっていった。中にはすべての投稿作品をランク付けし、合計点数を出してくる投書などもあり、テルもまたひとりだけ超然としているのがむずかしい立場になっていくのを自覚させられるのだった。

振り返ってみれば、昨年の9月号に初めて作品が選ばれ、今年の6月号までに**童話**誌に限っても23作が掲載されたのだから、テルは同好の士のあこがれの的となっても不思議ではなかった。

ここまで順風満帆でこられたのは、選者である西條八十の好意による部分も小さくなかったが、そんな八十が急にフランスに渡ることになって動揺が広がっていった。新たな選者はテルの作風をあまり好まないらしく、これ以後の**童話**にはほとんど一作だけが載せられるようになっていく。

逆風とまでいかないにせよ、順調にあと押しされていたテルの状況に微妙な変化が生じた頃、嬉しい出来事があった。それは女学校時代からの親友である田邊豊々代の書いた詩が、当代一流の雑誌である**赤い鳥**に掲載されたことだった。

早春（詩）

山口縣大津郡三隅村　田邊みえみ

日がぽかぽかしてゐます。
焼跡のやうな原つぱの
その下にも、
柔らかな芽ぐみが、
ほの見えます。
土手のねに柳の芽も、
銀鼠にひかつて見えます。
流れる水もひかつて見えます。

やがては、あの
草原でよもぎをつむのです。
目高もすくひます。

私は、すつかり
樂しい氣になつて、
口笛を高く吹きました。

赤い鳥・大正13年7月号

大親友の投稿した詩が**赤い鳥**に載ったのを知って、テルは早速にお祝いの手紙を書いて送った。「金子さんの童謡は推奨だが、自分の詩は佳作に選ばれただけだから大したことはない」と謙遜しながらも、豊々代はテルからの手紙を何度も繰り返し読んでは嬉しそうだったという。

なぜか**赤い鳥**誌への投稿を控えているテルの作品は、**婦人世界**7月号に載った。

浮き雲

はなればなれの
浮き雲よ

やがて消えゆく
おなじ身の
おなじみ空に
ありながら
なぜにはなれた
うき雲よ。
春のあをぞら
日のひかり
こころごころの
ひとり旅。

婦人世界・7月号・小曲欄

　どんな事情があったのか、この頃のテルはひとりで店番をする商品館の支店ではなく、上山文英堂の本店で働くようになっていた。そして仙崎に残っている兄の堅助が病気になったので、その看病に生まれ故郷に帰って行ったのが7月6日のことだった。

堅助の嫁で、テルの小学校の同級生だったチウサも病気で実家に戻っているために、金子文英堂にいるのは、祖母のウメ、兄の堅助、そしてテルの3人だけだった。それは母ミチが後添いとして下関に行ってしまったあとで、しばらく仲むつまじく暮らした組み合わせだったから、テルは小さな時分のことから改めて思い出さずにはいられなかった。

2章　ふるさと仙崎

金子テルは明治36年4月11日、山口県大津郡仙崎村に生まれた。父金子庄之助、母ミチ、二つ上の長男堅助、それに母方の祖母ウメの5人家族だった。

父は数人の仲間と渡海船の仕事をしており、暮らし向きはかなり裕福だったらしいことが残された写真からうかがえる。

祖母ウメ、母ミチともに熱心な浄土真宗の信徒で、朝に夕に仏壇の前に座ってお勤めをする姿が、子供だったテルにも多大な影響を与えていった。

小さな漁村で仲むつまじく暮らす5人の生活に、もうひとつの小さな命が入ってきたのがテル2歳の時のことで、それが弟の正祐（まさすけ）だった。まだ母親に甘えたい盛りのテルは、弟の誕生をよろこぶとともに、母をとられてしまったような複雑な心境になったに違いなく、その屈折した心情が後の詩作にも濃い影を落とすこととなる。

ともあれこの年の9月には、一年半以上続いた日露戦争が終わったが、なまじ予想外の勝利を収めてしまったがために、それ以後も日本は海外への領土拡張政策をとって、諸外国とさまざまな軋轢を生むことにもなる。

そんな風潮の最中、父庄之助が清国栄口にいくことになったのは、ミチの妹フジが嫁いでいる下関の上山文英堂店主の松蔵に強く請われたからだった。

上山松蔵の経営する文英堂は本や教科書を手広く扱っていて、その規模は九州に及ぶばかりでなく、海を隔てた清国にもいくつかの支店を持つほどだった。当時の栄口支店を任せるだけの人材がなかったために、フジの義理の兄に当たる庄之助に白羽の矢が立ったという形だったが、これが新たな悲劇を生むことになる。

欺瞞（ぎまん）に満ちた満州国成立をこころよく思っていない人も多い清国では、反日感情も高まっており、日本から送り込まれた兵士が多いので日本語で書かれた本や雑誌の需要は多かったが、それだけに危険も小さくはなかった。そんな異国の地で、テルの父は病気で亡くなった。暴漢に襲われたとの新聞報道もあって混乱したが、いずれにしても31歳の若さでの惜しまれる死だった。

働き手を失ったテルの家には、上山文英堂から救いの手が差し伸べられて、大津郡ではただ一軒の本屋として金子文英堂が開かれることとなった。それだけならよかったのだが、まるで本屋を開かせるのと交換条件のように、次男の正祐が松蔵の養子として下関にもらわれていってしまった。以後はその事実を隠しておきたい松蔵の意向で、テルたちは長い間、正祐と逢うこともできなかった。

テルがまだおさない頃に、家族がふたりも少なくなって淋しくなったが、それでも残された4人は仲むつまじく質素に暮らしていった。

仙崎の家は、表通りに面してさして広くない店があり、その奥に立派な仏壇のある部屋と、しゃれた飾り硝子のはめ込まれた障子のある部屋があった。更に奥には井戸があり、桃の木や梅の木、それに様々な種類の草花が植わった庭に接して、だだっ広い橙畑(だいだい)が続くのどかな雰囲気だった。

二階には堅助とテルの部屋があり、テルの部屋からは庭の木や花がよく見えたという。またこの二階の部屋は、昼間は寄り合いや教室として貸されることも多く、歎異抄の講義などをおさないテルが横で熱心に聞いていたとの話も残っている。

明治43年、テルは兄堅助と同じ瀬戸崎小学校尋常科に入学、家に近い学校に紺の着物に友禅模様の前かけ姿で通うことになる。色白でぽっちゃりと可愛らしいテルは、おさげ髪に大きなリボンを付けることも多かったが、他の子供たちと違うのは、級長を示す赤と白の腕章がいつも左腕に巻かれていることだった。

成績は優秀だが、それを鼻にかけることもなく、他人の悪口を一切言わないテルは、みんなから慕われた。

大正5年、小学校を終えたテルは、大津高等女学校に進み、勉学にいそしむことになる。良妻賢母を旨とする女学校の校則は厳しく、木綿の筒袖に紫紺の袴、髪は束髪で傘も黒に限るなどと決められた中でも、テルはうれしげに家から30分ほどの道のりをひとりで通ったという。

大津高等女学校には**ミサヲ**という校友誌があり、テルの文章が毎号載っている。

ゆき

今日も朝から細かい雪がしきりにふつてをります。もう大分つもりました。庭に出て見ますと、燈籠の上も、木の葉の上も、わたをつけたやうであります。雪の上に點々としるされた二の字を見ますと、「雪の朝二の字二の字の下駄のあと。」の句も、思ひ出されます。向ふの方を通つてゐる人は、頭からまつ白になつてゐます。垣の向ふのおとなりの裏には、いつの間にたれが作つたのか、雪だるまが大きな目をむいてゐます。犬の子は、うれしさうにとびまはつています。雪は時々、思ひ出したやうにやんでは、又ふりつゞけてゐます。私は寒い事も忘れて、ぼんやりと繪のやうな雪景色をながめてゐました。

ミサヲ第三号

我が家の庭

私の家のにはは、極めてせまいものである。けれども此のせまい所にも、日光は同じやうにさしこんで、四季おりおりの花をさかせてゐる。

此頃は花盛りである。正面に女王のやうな、大きなばらの花が高からぬ木一ぱいに咲きほこつてゐる。其のとなりには、上品な芍薬が最早終りごろのしほらしい姿を見せてゐる。こちらには白や赤の可愛らしい石竹が今を盛りと咲きみだれ、金銀草までがまけぬ気になつて、小さな白い花を開いた。夏になると蝉の宿になる高い木も生々した青葉になつて、初夏らしい気分を見せている。

私はへやでぬひ物をしながら、庭を眺めて、国語の吾が家の富といふ課を思ひ出してゐた。

ミサヲ第四号

さみだれ

つゆに入つても、はかばかしく降らなかつた雨が、日曜を見込んだやうに、ふり出しました。つれづれを慰めるため開いた物語にもあきて、障子をあけて外を見ました。うす墨いろの空はいつ青い色が見えやうとも思はれません。番がさや蛇の目が三つ四つ続いて通つたあとは、ひつそりとして軒のしづくの音だけが時々きこえます。ふと下の方で「いやなお天気で。でも百姓衆は大喜びでせう」といふ声がしました。私はみのを着て笠をかぶつて、雨にぬれながら田植をしている人の姿を、心にうかべました。その時目の前をつばめがすうと飛んでとなりの軒にはいりました。雨がふつてもお百姓ははたらく、つばめでさへもかせいでゐる。こう思ふとぼんやりしてゐるのがはづかしいやうで、すぐに立つてぬひ物を出しました。

ミサヲ第五号

自分の部屋から見えるがままの情景を、素直に書いているだけだが、その文章の流麗さには驚かされる。

ところで女学校時代のテルには、大親友ともいえる同級生がひとりいて、それが田辺豊々代だった。みんなに冷やかされるので恥ずかしいとテル自らが語ったほどの仲良しだったが、豊々代は2年に進級したあとで学校を辞めてしまっている。寄宿舎を出て三隅の家に戻ってしまった豊々代だったが、それでもテルとの交友は変わらずに続いていった。

この年には、それまでも家業の本屋を手伝っていた堅助が、祖母ウメから正式に家督を相続して、名実共に金子家の戸主となっている。

祖母、母、そして兄との暮らしは、テルにとって平穏そのものだったが、3年生の秋には大きな不孝があった。

弟の正祐が養子となっている下関の上山文英堂で、彼の母親として一緒に暮らしていた叔母のフジが、病気療養のために仙崎に来ていた。

夫の松蔵としては、何かとせわしない下関にいるよりは、母や姉のいる実家の方が落ち着いて治療に専念できるだろうとの親切心もあっただろうが、ウメやミチの懸命の看病もむなしく、11月8日にフジは亡くなってしまった。まだ四十二歳という若さの叔母を亡くしたテルの哀しみは深かったが、それよりも実母と信じている人を喪失した正祐が不憫に思えて仕方なかった。

そしてひとりの叔母を亡くしたということが、さらに大きな衝撃としてテルにはね返ってくるのは、母のミチが妹の亡きあとを埋めるかのように、上山松蔵のところへ後妻にいくことになったからだった。

養母が亡くなったあとに、実母が来るという形になった正祐だったが、店じゅうの誰もが知っているその事実は、彼には厳重に秘匿されることとなった。

結果的に母親に置き去りにされたテルは、それ以後は祖母と兄との3人暮らしに甘んじることになった。

そんな生活にも慣れた大正9年3月、テルは女学校卒業の日を迎えた。そして在校生の送辞に対して、卒業生を代表して答辞を読んだ。

答辞

四方の山辺に霞こめて春もやゝ深くなりゆく時、茲に本校第八回卒業証書授与式をあげさせられ、貴賓各位のなみ居させ給ふ栄ある席にて我等に卒業のあかし文授け玉ひ、且つ知事閣下代理官郡長貴下並に校長の君よりねもごろなるみさとしの御言葉下し玉へる。我等のよろこび何にかたとへつべき。まことや月日に関守なく、我等が此学舎に入りにしより早四年の春秋をおくり迎へつ。その年月わが師の君たちは朝な夕なに不束なる身をいともねもごろに導き給ひて、はじめ終り一日のごとみいつくしみ給はりし御なさけの程、謝しまつるに言葉さへなく只辱けなしとのみ聞えあげなむ。われらが今日の栄を身に負ひぬるは、一重にかしこき大御代の恵の露と師の君たちの年頃日頃のあつき御教によれるなりけりと思へば、いともうれしくて覚えず涙ぐまるゝなり。

あゝ幾年も同じ学びの窓のうちにむつび交せし友どちのけふを限りに分れゆきて、波風あらきうき世の海に師の君のみ教を楫とたのみてこぎゆかむかな。あゝ今や我等は出てゆくなり。師の君たちよとこしへにさきくませ。我等は今日こゝをまかりぬるとも日頃承はりつるみ教へを守りて、身を正しうし行ひをつゝしみて、我身に受けたる深き恵を束の間も世にある限忘れじと思ふ心の一ふしを、同じ学びの人々に代りてつゝしみてきこえ申すにこそ。

大正九年三月二十四日　第八回卒業生総代　金子てる

その成績の優秀なのを惜しんで、奈良女子高等師範に進学して教師を目差せとの担任の勧めを断わり、晴れて女学校を卒業したテルは、家業の本屋を手伝うことになった。

書籍、教科書から雑誌ばかりでなく、文房具まで扱っている金子文英堂は、近隣に本屋がないこともあって、かなり広い範囲に顧客があった。堅助が配達に行く時にはテルが店番をしたが、小さなお店は午後には客でない小さな訪問者でいっぱいになったという。

学校を終えた小学生たちは、文房具を眺めたり本を立ち読みするために金子文英堂に入ったが、テルはそんな小さなお客をあたたかい目で見守るだけで終わらず、子供たちにねだられて自作のおはなしまで聞かせる始末だった。

主に昔ばなしのその後を展開させたものだが、必ずしもハッピーエンドになるとも決まっていない短いおはなしを、子供らは目をキラキラと輝かせて聞いていたことだろう。

こぶとり　—おはなしのうたの一—

正直爺(ぢい)さんこぶがなく、
なんだか寂しくなりました。
意地悪爺さんこぶがふえ、

毎日わいわい泣いてます。

正直爺さんお見舞いだ。
わたしのこぶがついたとは、
やれやれ、ほんとにお気の毒、
も一度、一しよにまゐりましよ。

山から出て來た二人づれ、
正直爺さんこぶ一つ、
意地悪爺さんこぶ一つ、
二人でにこにこ笑つてた。

かぐやひめ

—おはなしのうたの二—

竹のなかから

うまれた姫は、
月の世界へ
かへつて行つた。

月の世界へ
かへつた姫は、
月のよるよる
下見て泣いた。

もとのお家が
こひしゆて泣いた。
ばかな人たち
かはいそで泣いた。

姫はよるよる

變はらず泣いた、
下の世界は
ずんずん變はつた。

爺さん婆さん
なくなつてしまうた、
ばかな人たちや
忘れてしまうた。

一寸法師　―おはなしのうたの三―

一寸法師でなくなつた
一寸法師のお公卿（くげ）さま、
お馬に乘つて、行列で
うまれ故郷へおかへりだ。

父さん、母さん、にこにこと、
一寸法師のおむかへに、
ちひさなお駕籠を仕立てましよ。
駕籠(かごか)舁きやすばやい野ねずみだ、
えつさ、えつさと出てみれば、
おや、おや、大したお行列、
どなた様ぢやとよく見れば、

一寸法師でなくなつた
一寸法師のお公卿(くげ)さま。

海のお宮　―おはなしのうたの四―

海のお宮は琅玕(らうかん)づくり、
月夜のやうな青(あアを)いお宮、

青いお宮で乙姫さんは、
けふも一日、海みてゐます。
いつか、いつかと、海みてゐます。

いつまで見ても、
浦島さんは、
陸へかへつた
浦島さんは——

海のおくにの静かな晝を、
うごくは紅い海くさばかり、
うすむらさきのその影ばかり。

百年たつても、乙姫さんは
いつか、いつかと、海みてゐます。

雀のお宿　―おはなしのうたの五―

雀のお宿に春が來て、
お屋根の草も伸びました。

舌を切られた小雀は、
ものの言へない小雀は、
たもと重ねて、うつむいて、
ほろりほろりと泣いてます。

父さん雀はかはいそで、
お花見振袖購(か)ひました。

母さん雀もかはいそで、
お花見お團子(だんご)こさへます。

それでも、やっぱり小雀は、
ほろりほろりと泣いてます。

この習作「おはなしのうた」には、金子みすゞの創作の原点があった。韻を踏んだり、意識してのリフレインなどが使われてはいないが、のちに生み出される童謡詩の萌芽が色濃く含まれているものだった。

そんなのどかな仙崎の暮らしの中に、小さなさざ波を立てるような訪問者があった。継母の実家、つまりそこには自分の従兄弟の堅助と、従姉妹のテルがいると思って訪れたのが正祐だった。

正祐が仙崎の金子文英堂を訪ねるのは初めてではなかったが、フジは秘密が明らかになることを怖れて、さほど長居をせずに帰るのが常だったから、たったひとりで泊まるのは彼にとっては大冒険だった。

東京・大阪に次ぐほどの大都会といわれる下関で学業にいそしんでいる正祐は、生意気盛りもあって、いきなり芸術論を吹っかけていったが、ふたりにやんわりと反撃されるとグウの音も出なかった。田舎の本屋とばかりに頭から飲んでかかって、年上のふたりに仕掛けた論戦は、正祐がものの見事に言い負かされる形で終わっていた。

堅助にせよテルにせよ、店の本を読むだけではなく、物事を深く掘り下げて考える性質だったので、少しばかり文学を読みかじった程度の正祐がかなう相手ではなかった。

ところが完膚なきまでに叩きのめされた正祐は、ぺしゃんと落ち込むどころか、うれしくて仕方なかった。田舎暮らしのいとこだと小馬鹿にしていたけれど、実際にはものすごく優秀なふたりだと正祐がシャッポを脱いだ時、そこには素敵な文芸サロンができあがっていった。

正祐出生の秘密は秘密として、文学論議を交わすさまたげにはならなかった。3人は思うがままにしゃべり、海で泳ぎ、時にはカルタなどで遊んで愉快な時を過ごした。

血のつながった本当の弟に対して、従姉妹として接しなければならないテルの苦しみは深かったが、それは堅助やウメ、それに下関の母ミチの皆が共通に抱えている業（ごう）だった。

ひとり正祐だけが無邪気に、学校の休みごとに仙崎を訪問できるようになったのは、ミチが取りはからったからだった。自分の腹を痛めた子だとは告げられない、継母の立場のミチは、そうと名乗ることはできないまでも、せめて本当の兄姉と遊ばせてあげたいと思ったのだった。

下関商業の休みには、正祐が仙崎を訪れるのが常だったが、テル十八歳の夏には、松蔵が倒れたとの母からの電報で、彼女の方が一月半ほど入院先で看病に当たっている。商売の鬼のように思われている松蔵だったが、心優しいテルの看病を受けて、心安まる入院の日々を過ごしたのではないだろうか。

松蔵の退院を見届けて仙崎に帰ったテルが、将来は音楽の道に進みたいとの正祐の気持ちを受けて彼に作曲を依頼したのが、北原白秋の「片戀」だった。正祐はいくつもの習作を重ねた後に、ようやく略譜式の曲譜を作ると、～照子さんのために～との献辞と共にテルに贈っている。

仙崎には、ふたたび退屈だけど平安な日々が戻っていた。祖母、兄、テルの３人暮らしに、学校の休みのたびに正祐が訪れるという決まった生活パターンは、大正11年秋の堅助の結婚で乱されることになった。

小学校で同級だった大嶋チウサとは、もちろん顔なじみだったが、やはり兄を取られてしまったという寂寞感はぬぐえなかった。テルは自分の居場所がなくなったみたいな感覚のなかで、いくらか息苦しさを覚えずにはいられなかった。

兄と語らう時間をなくしたテルは、無聊を慰めるために童謡作りのまね事を始めた。

文章を書くことは得意なテルだったが、童謡はまったく勝手の違う分野だった。テーマを決め、言葉を紡ぎ、韻を踏むなどの作業の中で、テルが物足りなさを感じたのは、読んでもらう相手が具体的に思い浮かばないからだった。

何となく作っている限りにおいては、何となく的な作品しかできなかった。誰のために童謡を作るのか考え抜いたとき、テルの頭に浮かんだのが親友の田辺豊々代だった。

豊々代に贈るのであれば、かなり斬新な構想も必要だった。少女時代も女学校も同じように過ごした友達をびっくりさせるには、当時からすでに大都会であった下関のモダンさを詠むしかなかった。こうして記念すべき「障子」が、テル愛用の小さな文机の上で完成した。

ほかにもいくつかの童謡をものにしたテルは、友情の証しとして豊々代に贈るための手書きの小曲集を作った。**こはれたぴあの**と題された小曲集には、著名な作家の童謡と詩が選ばれていたが、その巻頭を飾っただろうと思われる詩がある。

月夜の家

北原白秋

壊れたピアノに、壊れ椅子、
誰が月夜に弾いてゝか、
誰もゐもせず、音ばかり。

白い木槿に、青硝子、
母様もしかと來て見ても、
中には月のかげばかり。

ときどき光る、眼が二つ、
黒い女猫の眼の玉か、

それともピアノの金の鋲。

壊れたピアノに、壊れ椅子、
誰が弾くやら泣くのやら、
部屋には月のかげばかり。

空には七色、月の暈、
いつまで照るやら、照らぬやら、
壊れたピアノの音ばかり。

大正9年　赤い鳥代表作集

たった一冊きりの、手書きの小曲集の現物は見つかっていないが、有名作家のものとともに、おそらくテルが自作した童謡めいた作品も載っていたのではないだろうか。

たとえば「障子」や「月日貝」「まつりの頃」、あるいは「雀のかあさん」「濱の石」

「雲の色」などは、投稿作として掲載された商業雑誌が見つかっていないので、この時に豊々代にプレゼントされたものだったかも知れない。

障子

お部屋の障子は、ビルディング。
しろいきれいな石づくり、
空まで届く十二階、
お部屋のかずは、四十八。

一つの部屋に蝿がゐて、
あとのお部屋はみんな空。

四十七間の部屋部屋へ、

誰がはいってくるのやら。
ひとつひらいたあの窓を、
どんな子供がのぞくやら。
—窓はいつだか、すねたとき、
　指でわたしがあけた窓。

ひとり日永にながめてりゃ、
そこからみえる青空が、
ちらりと影になりました。

月日貝

西のお空は

あかね色、
あかいお日さま
海のなか。

東のお空
眞珠(しんじゅ)いろ、
まるい、黄色い
お月さま。

日ぐれに落ちた
お日さまと、
夜あけに沈む
お月さま、
逢(あ)うたは深い
海の底。

ある日
漁師（れふし）にひろはれた、
赤とうす黄の
月日貝。

まつりの頃

山車（くるま）の小屋が建（た）ちました、
濱にも、氷屋できました。
お背戸の桃があかくなり、
蓮田の蛙（かへろ）もうれしさう。
試験もきのふですみました、
うすいリボンも購（か）ひました。

もうお祭がくるばかり、
もうお祭がくるばかり。

雀のかあさん

子供が
子雀
つかまへた。

その子の
かあさん
笑つてた。

雀の
かあさん

それみてた。

お屋根で
鳴かずに
それ見てた。

濱の石

濱辺の石は玉のやう、
みんなまるくてすべつこい。

濱辺の石は飛び魚か、
投げればさつと波を切る。

濱辺の石は唄うたひ、

波といちにち唄つてる。

ひとつびとつの濱の石、
みんなかはいい石だけど、

濱辺の石は偉（えら）い石、
皆（みんな）して海をかかへてる。

雲の色

夕やけ
きえた
雲のいろ、

けんくわ

してきて
ひとりゐて、
みてゐりや、
つッと
泣けてくる。

大都会・下関から大きな影響を受けたと思われる、ビルディングなどの語句の入った「障子」ができあがった時、それに続けて様々な情景を思い通りに作品に詠み込んだ時、テルは初めて童謡作りの楽しさに目覚めた。

弟の正祐が作っている楽譜集「もゝいろいんこ」の編集を手伝いながら、童謡の名作を分解したり並べ直したりして勉強すると、さらにコツが掴めたような気もしたが、町並みも人もおとなしい仙崎に暮らしている限りにおいては、雑誌に投稿して自分のレベルを試してみたいなんて気分は起こらなかった。テルは相変わらず、売り物の本や雑誌をそっと読みながら、夢想の世界に心遊ばせる日々を静かに送っていった。

堅助の嫁になって家に入ってきたチウサと仲が悪いわけではないが、どこかギクシャクとした感じがして、仙崎の家も今までのように居心地がよくなかった。そんなテルの思いを察したのか、下関の母親から上山文英堂で働かないかとの誘いがあったのが大正12年春のことだった。

なんとなく息苦しさを感じる同居生活から解放されるよろこびと、ふるさと仙崎には自分の帰るべき場所がなくなってしまうのだという淋しさの中で、テルは自分の部屋を整理し、思い出の詰まった手紙や文殻などを燃やした。

初期の作品「おとむらひ」にもあるように、過ぎた日の思い出は、ゆるやかに仙崎の夕ぐれの空に吸い込まれていった。そして二十歳になったばかりの金子テルは、新天地となる下関に向かうべく船の人となった。

3章　誤解

「ここでは、あんたは使用人で、正祐は上山文英堂の跡取り息子じゃから、坊ちゃんと呼んでもらう。そして母親は、おかみさんと呼ぶんじゃ、ええな」

開口一番にそう言い渡した松蔵に、病院で看病されていた時の好々爺然とした優しさはなかった。母ミチも横に立っていたが、ここ下関の上山文英堂で松蔵は大将と呼ばれる絶対的な君主だったから、何も言えなかった。それでも義理の娘に当たるのだから、テルと他の使用人の扱いに差があるのは当然で、彼女には二階の一部屋が与えられた。

二階には下関商業高校を卒業したばかりの正祐の部屋もあって、その近さがのちに深刻な誤解を生むことにもなるのだが、ともかくこの状況は正祐にとっては歓迎すべきものだった。

正祐は仙崎での文芸サロンの延長みたいな気分でテルに接したが、松蔵から釘を刺されている彼女は遠慮がちに受け答えするばかりだった。そんなテルの態度を変とも思わずに、正祐は自分の作曲用に供するための童謡集作りを彼女に頼んでいる。

新しい環境にも仕事にも慣れなければならないテルにすれば、余計な作業には違いなかったが、彼女は夜遅くまでかけて童謡の選別と書き写しに没頭し、5日後には「鈴蘭の夢」と題した手書き冊子を正祐に渡している。

彼が完成を急がせたのは、書店経営を学ぶために東京に行かされる日が近づいていたからで、もちろん正祐はその出来上がりをよろこんだが、この作業はむしろテルにとっての大きな刺激ともなっていた。

仙崎でも少しばかり童謡作りの楽しさに目覚めてはいたものの、下関という大都会の雰囲気に触発され、同時に「鈴蘭の夢」の作成段階でも大いに刺激されたテルは、本格的に童謡詩作りを決意し、それまでの消極的な性格を打ち消すかのように雑誌に投稿する意志を固めていった。

すでに何本かの習作を作り上げていたテルは、それらに本気で手を加えて完成させていった。さいわいなことに、ひとりで店番をする小さな支店では、雑誌の応募要項を見たり、投稿用のハガキを書いたりする時間がふんだんにあった。

正祐が東京に行ってしまったあとの、ちょっと淋しくなったけれど、ふたたびひとりで詩作する時間がたっぷりとれるようになったテルは、6月に投稿した作品が入選していれば発表される9月号の発売を、首を長くして待っていたのだった。

まるで奇跡のように、全応募作品が残らず四誌に入選、掲載されていた。そしてそれ以後も、童謡界の第一人者である西條八十の支持を受けて順調に作品を発表し続けていった。

テルにしてみれば、仙崎での子供時代を回想して、その気分を素直に童謡の形に書きとめるだけのことだったが、それが他の誰もが真似ることのできないみすゞ独特の世界になっていることも確かだった。

テルの快進撃は翌13年も続き、投稿仲間からも一目おかれるほどの存在になっていたが、彼女の作風を高く評価していた西條八十の渡仏によって、その勢いに陰りが見え始めていた。

そんな矢先、堅助が病気になり、嫁のチウサも実家に帰ってしまっているとのことで、急遽テルは仙崎に帰った。

久しぶりのふるさとを楽しむうちでも、最大のよろこびは親友の田辺豊々代との再会だった。教職にある男性と結婚している豊々代だったが、逢えばすぐに女学校時代の仲良しに戻るふたりだった。

夫が満州で教壇に立つことが決まって、下関から船で発つという豊々代と一緒に帰関したテルは、ふたたび小さな書店の小さな机にかじりつくようにして童謡を作り、好きな時に本を読むという生活に戻っていったのだった。
西條八十が選者ではなくなってしまった童話誌だったが、それでもテルの作品はほとんど毎号に掲載されている。

田舎の繪

私は田舎の繪をみます。
さびしいときは、繪のなかの、
白い小みちをまゐります。
むかうに見えるは水車小屋、
見えないけれど、あの中にや、
やさしい番人のお爺さん。
小屋の小かげにや茱萸の木に

あかい茱萸の實うれてましよ。
あすこに見える山かげにや、
ちひさな村があるのです。

田舎の繪にある小みちには、
誰(たれ)もゐません静かです。

表にや忙しい、人、車、
それでも繪のなか静かです。
いつでものどかな日和です。

童話・大正13年8月号

草山（くさやま）

草山の草のなかからきいてると、
いろんなたのしい聲がする。

「けふで七日も雨ふらぬ、
のどがかはいた、水欲しい。」
それはお山の黒い土。

「空にきれいな雲がある、
お手々ひろげて掴まうか。」
それはちひさな蕨だろ。

「お日さまお呼びだ、のぞかうか。」
「わたしも、わたしも、ついて行こ。」

茱萸(ぐみ)の芽、芝の芽、茅萱(ちがや)の葉、
いろんなはしやいだ聲がする。

童話・大正13年8月号

祭(まつり)のあくる日

きのふ、神輿(みこし)のにぎはひに、
つい浮かされて殘つたが、
昨夜(ゆふべ)は遠いお囃子(はやし)に、
芝居の夢をみてゐたが、
さめてかあさん呼んだとき、
みんなに、みんなで、笑はれて、

そつと出てみた、裏山の、
おいてけぼりのお月さま。

童話・9月号

蚊帳（かや）

かやの中の私たち、
網にかかつたおさかなだ。

なにも知らずにねてるまに、
ひまなお星が曳（ひ）きにくる。

夜の夜中に眼がさめりや、
雲の砂地（すなぢ）にねてゐよう。

波にゆらゆら、青い網、
みんなあはれなお魚だ。

童話・10月号

田舎（いなか）

私は見たくてたまらない。

小さい蜜柑（みかん）が蜜柑の木に、
金色に熟（う）れてゐるとこを。

また、無花果（いちぢく）がまだ子供で、
木にかぢりついてゐるとこを。

それから、穂麥（ほむぎ）に風が吹き、

雲雀（ひばり）が歌をうたふとこを。
私は行きたくてたまらない。
雲雀（ひばり）がうたふのは春だらうけれど、
蜜柑の木にはいつ頃に、
どんなお花が咲くだらうな。

繪にしきや見ない田舎には、
繪にないことが、きつと、
たくさんたくさんあるだらうな。

赤い鳥・大正13年10月号

きのふの山車

祭りのあくる日、ひるねごろ、
みんながお晝寝、あちこちに。

さびしくかどに立ってたら、
きのふの山車がゆきました。

花も人形もこはされて、
車ばかしがごろごろと、
かわいた路をゆきました。

ひとりさびしく見おくれば、
きのふの山車も、曳く人も、
埃のなかになりました。

童話・12月号

この頃のテルは、**赤い鳥**と**童話**の両方に投稿しているが、八十の日本にいないむなしさを通信欄で述べたりもしている。

「涼しくなりました。お送り下さいましたものたゞいま届きました。ありがたく頂戴いたします。このごろ曲譜がのつたり、のらなかつたりするのはさびしい氣がします。西条党で本居党の私たちには「お月さん」以後の「八十長世もの」がどんなに有がたかつたでせう。西条先生はお留守なんですからあきらめてゐますけれども、本居先生は、たしかおかへりになつた筈とおもつて、毎月、待つてゐましたのに、もう、本居先生はお出しになりませんのでせうか。ほかの雑誌にのつたのをみては、たまらなくなりましたから、お伺ひ申し上げます。もうぢきに十月号がまゐります。それにのつてゐるかとたのしみにしてゐます。さよなら」

金子みすゞ

赤い鳥・12月号・通信欄

前年の春、二十歳で下関に出てきたテルと入れ替わるように、東京に書店経営見習いに行かされていた正祐は、同年の関東大震災に焼け出されたかのように帰関していたから、この大正13年は毎日顔を突き合わせて暮らしていた。正祐もこの時期は、芸術的な志は捨てないまでも、昼間は本屋の仕事に精を出していたから、松蔵の機嫌もよかった。

4月には二階の物置部屋を改造して、新たに正祐の居室とし、テルはそれまで彼のいた部屋に移ったから、本当の意味でふたりは隣り合った部屋で生活するようになっていた。

相変わらず、正祐が本当は自分の弟だとは打ち明けられない日々だったが、彼の方では聡明で万事に控えめなテルに淡い恋心を抱いていった。

毎晩、ご飯を食べ終えるのを待ちかねてはテルを二階に誘い、夜遅くまで語り合う正祐の姿に、あろうことか父親の松蔵が疑惑の目を向けた。

いかに内緒にしているとはいえ、血のつながった姉弟の間で間違いを起こしては、と本気で心配する松蔵に、ミチは照子がしっかりしているから大丈夫だとさとしたが、若い頃の過激な遊びで子供が作れなくなったともいわれる父親の疑念は晴れなかった。

松蔵はひそかに、テルを誰かに嫁入らせる計画を練っていったが、その結婚が同時に、上山文英堂の発展にもつながるものであれば尚更に結構だとも考えていた。

こうして大正13年は終わり、テルにとっても正祐にとっても、激動の14年が始まろうとしていた。

4章　みすゞワールド

入船出船

入り船、三艘、
何積んで入つた。

三つ星、三つ、
三角帆にかァくれた。

出船が、三艘、
何積んで出たぞ。

赤い灯がつゥぎつぎ、
黒い帆にかァくれた。

赤い鳥・大正14年1月号

偶然にもこの**赤い鳥**の地方童謡欄（白秋選）に、テルの送った手まり唄も載っている。

仙崎地方の手まり唄

姉さん姉さん／田をつくれ、／一反つくれば二千石、
二千石の大かめを、／めいじにたいて富士の山、
富士のお山のその先に、／うつくし鳥が、／三羽おる。
一羽の小鳥は／立つて鳴く。／二羽の小鳥は、／伏せて鳴く。
なして鳴くぞと／問ふたれば、／けふは吉日／親の日ぢや。
あすは天下へ／のぼる日ぢや。／さあ、一町二町三町四町
五町六町七町八町九町十町。
坊さん坊さん、／おまへの屋敷、／りつぱな屋敷、
梅の木三本、／ざくろが三本、／合わせて六本、
からからから梅、／からす一羽で／わァたしした、わァたしした。
（長門仙崎地方・金子みすゞ氏報）

仔牛（べえこ）

ひい、ふう、みい、よ、踏切で、
皆（みんな）して貨車をかずへてた。

いつ、むう、なな、八つめの、
貨車に仔牛（べえこ）がのつてゐた。

賣られてどこへゆくんだろ、
仔牛ばかしで乘つていた。

夕風つめたい踏切で、
皆（みんな）して貨車をみおくつた。

晩にやどうしてねるんだろ、

母さん牛はゐなかつた。
どこへ仔牛(べえこ)はゆくんだろ、
ほんとにどこへゆくんだろ。

赤い鳥・大正14年2月号

土(つち)

こつつん、こつつん、
打(ぶ)たれる土は、
よい畑になつて
よい麥生むよ。

朝から晩まで
踏(ふ)まれる土は、

よい路になつて、
車をとほすよ。

打（ぶ）たれぬ土は、
踏まれぬ土は、
要らない土か。

いいえ、それは、
名のない草の、
お宿をするよ。

童話・大正14年2月号

ひろいお空（そら）

私はいつか出てみたい、

ひろいお空の見えるところへ。

町でみるのは長い空、
天の川さへ屋根から屋根へ。

いつか一度は出てみたい。
その川下の、川下の、
海へ出てゆくところまで、
みんな一目にみえるところへ。

童話・3月号

獨樂（こま）の實（み）

赤くて小（ち）さいこまの實よ、
あまくて澁（しぶ）いこまの實よ。

お掌（て）のうへでこまの實を、
一つまはしちや一つたべ、
みんななくなりやまた探す。

ひとりだけれど、草山に
あかいその實はかず知れず
茨のかげに、のぞいてて、

ひとりだけれど、草山で、
獨樂（こま）をまはせば日も蘭（た）ける。

童話・4月号

目下のところ、生活に関しては心配がないテルは、意欲的に投稿を続けていた。童謡を創作するばかりでなく、数多い雑誌に発表される詩や小曲を集めて、「童謡・小曲　琅玕集」を作ることにも手を染めている。**赤い鳥**や**令女界**、**コドモノクニ**などから気にいった作品を選び出しては、1925年版のポケット手帳に書き写していく作業だが、テルは最終的にこの自選集を二年がかりで完成させている。

この頃には童謡投稿家の勢いを象徴するかのような、自家版の純童謡誌**曼珠沙華**が発刊されている。この同人名には佐藤義美、島田忠夫と並んで金子みすゞとあるから、おそらくは作品も出したのだろう。

活版刷りで作られたとされる現物は見つかっていないが、活字化されしもの、と手帳に○印がついている中から、二点ほど有力な候補作があげられる。

土と草

母さん知らぬ
草の子を、
なん千萬の
草の子を、
土はひとりで

育てます。

草があをあを
茂つたら、
土はかくれて
しまふのに。

薔薇の町

みどりの小徑（こみち）、露のみち、
小みちの果は、薔薇の家。
風吹きやゆれる薔薇の家、
ゆれてはかをる薔薇の家。

（曼珠沙華・大正14年2月）

薔薇の小人はお窓から、
ちひさな、金の翅みせて、
おとなりさんと話してた。

とんとと扉(どあ)をたたいたら、
窓も小人もみな消えて、
風にゆれてる花ばかり。

薔薇いろのあけがたに、
たづねていつた薔薇の町。

その日
わたしは蟻でした。

（曼珠沙華・大正14年2月）

テルはこんなふうに自分の世界に没頭していたが、周囲がなにくれとなく波立ちはじめていき、その内の一番大きな波が正祐出生の秘密についてだった。

正祐はずっと以前から、あまりにも父親と性格が違っているのをおかしいと感じていた。父親の松蔵は商売のためならあえて不正もするような人間だったが、正祐は客をだましてまで儲けることをいさぎよしとはしなかった。

さすがに国内向けにはしないものの、清国で売る本の定価を付け替えるなんてことを平気で命じる父の姿に、正祐は幻滅していった。正規の教科書を扱いながら、その一方でいわゆるあんちょこ本を売りさばくことにも我慢がならなかった。

もちろん正祐は父親の非を正すつもりで突っかかったこともあるが、根っからの商売人である松蔵に、青臭い正義感だと一蹴される始末だった。

そんな仕事上の反発心よりも大きくうごめくのが、自分は松蔵とフジの実子ではないのではないかとの疑念だった。小さい時分には考えたこともない、父親と血がつながっていないかも知れないという疑いは、正祐の心の底に埋み火のようにくすぶっていたが、やがて事実が知れる時が来る。

大正14年5月18日、正祐に徴兵検査の通知が届いたが、そこには「松蔵養父」と記されていた。永年にわたる疑いが解けたが、それでどうなるというものでもなく、正祐の苦悩は養父松蔵への反抗心となって表面化していった。

一方の仙崎でも、堅助とチウサの間にすきま風が吹き始めていた。店のためにと自分の思いを抑えてチウサを迎えた堅助だったが、その先行きは明るいものではなかった。

そしてテルが最大の衝撃を受けたのは、唯一といってもいい親友の田辺豊々代の死だった。

母親の看病のために満州から帰ってきた豊々代は、おなかの中に新しい命を宿していた。旅の疲れに看病の心労が重なり、元々がそれほど丈夫でなかった豊々代は、二十日ほど寝付いて、あっけなく胎児とともに死んでしまった。

昨年の夏、下関港で指切りをして見送った友が、再会の約束も果たさぬままで帰らぬ人となったショックは大きく、テルは傍目にも意気消沈して見えた。

そんなテルを慰めようと、いっそうふたりの距離を縮める正祐だったが、その親密さはかえって周囲の心配を高めるばかりだった。たったひとりの跡取り息子が間違いを起こさないうちにと、松蔵はテルを嫁入らせる算段をしたが、いつも本ばかり読んでいて取っつきにくいテルは、打診を受けた何人かに敬遠されたらしい。そして最後に残った候補者が、この年の4月から手代格で勤め始めた宮本啓喜だった。
そんな裏工作を知るはずもないテルの投稿作が、ハガキを出してから中2ヶ月ほど経った後、**童話**誌上に載った。

杉の木

「かあさま、私はなにになる。」
「いまに大きくなるんです。」

杉のこどもはおもひます。

(大きくなつたら、さうしたら、
峠のみちの百合のよな、
大きな花も咲かせよし、

ふもとの藪のうぐいすの
やさしい唄もおぼえよし……。）
「かあさま、大きくなりました。
そして私は何になる。」
杉の親木はもうゐない、
山が答へていひました。
「かあさんみたいな杉の木に。」

振子（ふりこ）

時計の窓をのぞいてる、
止つたふり子はさびしさう。

童話・大正14年6月号

窓のそとには町がみえ、
子供が縄とびしてゐるに、

誰かみつけてくれないか。
鞦韆（ぶらんこ）ゆすってくれないか。

窓の硝子（がらす）をのぞいてる、
錆（さ）びたふり子はさびしさう。

げんげの葉（は）の唄（うた）

花は摘（つ）まれて
どこへゆく。

童話・7月号

ここには青い空があり、
うたふ雲雀(ひばり)があるけれど、

あのたのしげなたびびとの、
風のゆくてが
おもはれる。

花のつけ根をさぐつてる、
あの愛らしい手のなかに、
私を摘(つ)む手は
ないか知ら。

童話・8月号

ピンポン

二階の窓のすり硝子(がらす)、
ピンポンしてる
かげ法師。

港のまちの春のよひ、
月はおかさをさしてゐた。

ほんのりとしやぼんの香(か)
かあさまとお湯のかへりで
からころと。

とほりすぎても、しばらくは、
ピンポンしてる

音がする。

童話・9月号

去年のけふ　―大震記念日に―

去年のけふは、いまごろは、
私は積木をしてました。
積木の城はがらがらと、
みるまにくづれて散りました。

去年のけふのくれがたは、
芝生のうへに居りました。
黒い火事雲こはいけど、
母さまお瞳があありました。

去年のけふが、暮れてから、
せんのお家は焼けました。
あの日届いた洋服も、
積木の城も焼けました。

去年のけふの、夜更けて、
火の色映(うつ)る雲のまに、
白い月かげみたときも、
母さま抱いててくれました。

お衣(べべ)はみんな、あたらしい、
お家もとうに、建つたけど、
去年のけふの、母さまよ、
私はさびしくなりました。

童話・10月号

秋になって唐突に、テルは松蔵から結婚ばなしを告げられた。相手は番頭格となって働いている宮本啓喜で、彼についての悪い噂なども入ってきていたが、テルにすれば断わりにくい話だった。

母の立場を考え、自分が結婚して本格的に夫婦で店を手伝うことになれば、正祐が書店の跡取りから解放されて好きな道に進めるかも知れないとの思惑もあり、テル自身は宮本に対して好意に近い気持ちもあったので、結局はこの話を受け入れている。

当然ながら、この結婚に対して正祐は激しく反発した。政略結婚にしか見えない組み合わせに反対し、手紙で翻意を促している正祐は、テルが帰っている仙崎まで行って直談判にも及んでいる。

最後には説得をあきらめ、自分もまた養父の勧める縁談に乗ってみる決意を固めた正祐だったが、どうしても確かめてみたいことが残っていた。

テルが自分の本当の姉なのかとの正祐の問いかけに、彼女は無言のままでうなずいて見せた。可愛らしい三上山をひとめぐりして帰って行くふたりの横顔を、夕日がオレンジ色に染めていた。

動揺を静め切れずに帰った仙崎の家は、正祐にはそれまでとまったく変わって見えた。単なる親戚の店だった金子文英堂は、自分が生まれた家であり、ウメが祖母であることに変わりはないものの、それまで知らずに仲良くしていたのが実の兄姉だったのだから、正祐がなんとなく面映ゆい感じでいるのも当然だった。

正祐が弟であることを自覚して居心地の悪さを覚えているのとは逆に、仙崎のみんなは肩の荷を下ろしたような安堵感に包まれていた。松蔵に固く言いつけられていたものだから、弟のおの字も口にしないように接していたが、それはやはり気鬱であり、気兼ねを感じずにはいられないことだった。そんな嘘を永年にわたって続けてきたのだから、自然と笑いがこみ上げてくるのも当たり前だった。

3人が顔を見合わせては笑いをこらえている様子を、祖母のウメが涙を浮かべた目で見つめていた。

それまで淡い恋心さえ抱いていたテルに対して、どう向き合えばよいのか迷っている正祐に、2冊の手帳が手渡された。それはテルがこれまでに創った童謡詩の全部を清書した、手作りの作品集だった。かねてから芸術論や文学論を交わしていた正祐は、すぐにその意味を悟った。

西條先生と正祐のふたりだけに見てもらえばそれでいい、とのテルの言葉には、言外に将来的には一冊の本に仕立てたいとの気持ちが込められていた。

年号の記された小型の手帳は、それぞれに「美しい町」と「空のかあさま」のタイトルがつけられ、テル独特の優しく味わいのあるペン字がまっ白なページを埋めていた。

大正12年9月に初投稿作が載ってから15年初頭の今までに、50作以上の童謡が各誌に掲載されたのは正祐も読んで知っていたが、手渡された2冊の手帳には三五〇余編もの童謡詩が書かれていた。今更のようにテルの創作意欲に刺激を受けた正祐は、下関に帰ってしばらく経ってから、かなりの数の作品に的確な短評を加えた長い手紙を渡している。

雑誌に掲載された作品には、その都度感想なり評価なりを伝えていただろうから、この手紙に取り上げられたのは彼が初めて目にする未発表の童謡詩ばかりで、正祐自身が新鮮な驚きを持って厖大な作品群に向き合ったことが分かる論評となっている。

これらの作品に対して、時には手厳しい評価を加えてもいるが、全体としては金子みすゞの童謡作家としての素質に「全く頭が下がった」との好評価を与えている。

これらの中から二十数編を、作曲用に抜いたとも書き残しているが、それらに曲がつけられたのかは残念ながらわかっていない。

そして「ありがとう、詩人みすゞ女史よ！」と手紙を結んでいるのは、弟として姉に贈る精一杯のエールだったのかも知れない。

5章　光明

大正15年2月17日、二十三歳の金子テルは結婚式を挙げ、上山文英堂の二階に住まうこととなった。そこはせまい中庭を隔てて正祐の部屋と面していたから、テルは何かと気をつかったが、主人代理となった宮本はすべてのことに無遠慮に振る舞うようになって、正祐の気持ちを逆撫ですることも多かった。

ひそかに想いを寄せていた人が、自分と血のつながった姉だったとわかってショックを受けた上に、ふたりのいる部屋の電気が早めに消えるなどのことが重なると、正祐は商売に対する情熱を失っていった。

病気がちの松蔵に代わって店を取り仕切るようになった宮本は、大将といわれた松蔵に勝るとも劣らぬ商売上手だった。芸術家肌で潔癖な正祐は、そんな宮本にも反発せずにいられなかった。

そもそもが松蔵の思惑から始まった政略結婚と思われているテルと宮本の結婚生活だが、彼女自身にこの暮らしをいやがっているふうは、少なくとも新婚の当初には見られない。むしろ母親の見立てのように、テルの方が宮本に傾いていたと考える方が自然で、だとすればさほど不孝な、誰かのためにいやいやながら承諾した話というわけでもないのだろう。

田舎暮らしで、本の中に世界のすべてがあると夢想するような純情な娘が、ちょっと垢抜けた色男に恋慕するのは不思議ではなく、当時とすれば婚期を逸したとみられ勝ちな年齢のテルにとって、手放しではないにせよ、さほど不満のある結婚ではなかったはずだ。

それならどうして、正祐には仕方なく結婚するかのように告げたのだろうか。それはテルが彼の気持ちをおもんぱかったからで、正祐に面と向かって、宮本が好きだから一緒になりますと言える立場になかったとは容易に想像できる。

つまりいくら自分に好意を寄せてくれても、姉と弟だから結婚はできないと、結果的には長いこと焦らすような形になってから告白したテルは、正祐に対して負い目を感じていたからこそ、彼の気持ちを逆撫でするような言い方はできなかった。

けれども結婚すること自体については、2月の初めに正祐がテルを追って仙崎を訪れ、ふたりで話し合って納得した事柄だった。だからこそ仏頂面ではあるものの、結婚式には正祐も出席して、滞りなく終わったのだが、その後の店の二階での奇妙な同居生活は危うさをはらんだものだった。

そんな複雑な内情を抱えたテルの生活に、ひとすじの光明となったのが、師と仰ぐ西條八十のフランスからの帰国だった。

かなり以前に送ってあったテルの作品は、在仏中に選ばれた特別募集童謡入選の1として、八十の帰国挨拶の載った**童話**4月号に掲載された。

（・・ただ今と云つて、ほんとなら玄関に学校の鞄を投げ出したいくらゐのところです。けれどもさうしたあどけない真似をするには頬髯がすこし濃くなり過ぎました。そこで畏まって「おかげで二年の旅を終へ無事帰朝いたしました。永い不在中は私の上にも亦、「童話」の上にも一方ならぬ御厚意にあづかりまして有難う存じました。また今後も宜しく。」と御挨拶申し上げます。）

露（つゆ）

誰にも言はずに、
おきませう。

朝のお庭の

すみつこで、
花がほろりと
泣いたこと。

もしも噂（うはさ）が
ひろがつて、
蜂のお耳へ
はいつたら、

わるいことでも
したやうに、
蜜をかへしに
ゆくでせう。

童話・大正15年4月号

八十の帰国は、テルにとって最大のよろこびであって、彼女はまた情熱を持って新作を投稿し、昼間は夫を助けて上山文英堂の仕事に精を出すのだった。

テルの方は単にひとり暮らしがふたりでの生活になった程度の変化だったが、すさまじく変わったのは宮本の方だったのではないだろうか。それまでの使用人が、急に主人代理に格上げされたのだから、その態度が一変するのも道理で、正祐との立場も逆転した。

結婚の条件として、将来的な店ののれん分けなどの他に、おそらく正祐の教育係みたいな役割も与えられたであろう宮本は、養父と分かってからは余計に強くは教育しにくい松蔵に成り代わって、跡取り息子に商売のイロハから教え込もうとしたに違いない。

けれどもそれは、儲けるためなら何でもありみたいな商売道には疑問を抱いていた正祐にとって、耐えがたい侮辱でもあった。松蔵と宮本が強引に進める商売を穢(きたな)いと感じ、芸術に対する感性までも否定された気分になった正祐は、反発心が抗えないほどに高まった結果として家出した。

正祐とすれば、自分の性格はつくづく商売には向いていないと踏ん切りをつけた上での、養父に対する反抗心からの家出だったが、周囲は宮本との確執が原因と見た。何をおいても可愛い正祐が家出をしたと聞いた松蔵は、宮本を呼びつけて叱責したが、それはかなり見当違いの怒りであって、当然ながら宮本にも面白くないものだった。

自分の軽率な家出が思いがけないほどの重大な結果を招いたと知って、正祐は反省し、説得に来たテルと一緒に下関に戻って一件落着かにみえたが、その余波は治まるどころか、変な方向へと波及していった。

まず宮本の勤務態度がだらけたものになり、松蔵を怒らせた。そればかりでなく、おそらくテルとの結婚後も隠れて逢っていたであろう女性との付き合いをあからさまにもした。

テルと所帯を持たせるに当たって、まっ先に出した条件が他のおんなとは縁を切ることだったから、あまりにも露骨なじゃれ合いは松蔵の逆鱗に触れた。

宮本にしてみれば、跡取り息子の正祐が書店を継ぐ気がないのを見越して、もう解雇がないと踏んでの大胆な行動だったから、松蔵が本気で文英堂ののれんを分ける条件を撤回したのは誤算だった。

宮本の資質を見誤ったとの負い目もある松蔵は、式を挙げただけでまだ籍を入れていないテルに別れることを勧め、母や正祐もしきりに離縁をうながしたが、周囲の反対を押し切る形でテルが夫についていくことを宣言したのは、自分のおなかの中に新しい命を授かっていることが分かっていたからだった。

こうして二人は、それまで住んでいた上山文英堂の二階から出て、店にほど近い借家に移ることになった。宮本の女癖の悪さが直らないのも、条件次第によって極端に変わる仕事ぶりにも愛想がつく思いだったが、生まれてくるわが子を父なし子にするわけにはいかなかった。

テルは夢に見ていたのとは随分と違う結婚生活に、小さくない幻滅を感じずにはいられなかったが、その一方で童謡作家としての資質を世間に認めさせずにはおかない素晴らしい作品を発表し続けていった。

もういいの

——もういいの。

——まあだだよ。
枇杷（びは）の木の下と、
牡丹のかげで、
かくれんぼの子供。

——もういいの。
——まあだだよ。
枇杷の木の枝と、
あおい實のなかで、
小鳥と、枇杷（びは）と。

——もういいの。
——まあだだよ。
青い空のそとと
黒い土の、なかで、

夏と、春と。

童話・大正15年5月号

夜（よる）

夜は、お山や、森の木や、
巣（す）にゐる鳥や、草の葉や、
あかい、かはいい花にまで、
黒いおねまき着せるけど、
私にだけは、出来ないの。

私のおねまき、まつ白よ、
そして、母さんが着せるのよ。

童話・6月号

ふうせん

ふうせん持つた子がそばにゐて、
私が持つてるやうでした。

ぴい、とどこぞで笛が鳴る、
まつりのあとの、裏どほり。

あかいふうせん、
晝の月、
春のお空にありました。

ふうせん持つた子が行つちやつて、
すこしさびしくなりました。

童話・6月号

西條八十がフランスから帰った途端に、ふたたび投稿欄をにぎわすようになったテルの童謡だったが、残念なことに**童話**は、「少年、少女のみならず大人の創作も募集……」している7月号を最後に、もうその後が出されることはなかった。

前ぶれもなしに、唐突に**童話**誌が廃刊されたのはショックだった。そんなテルの落胆を吹き飛ばすかのように、童謡詩人会編の**日本童謡集一九二六年版**の中に、「お魚」と「大漁」のふたつが載ったが、これは童謡を作り始めてわずか3年のテルにとって、まさに快挙ともいえる掲載だった。

前年に発足した童謡詩人会に名を連ねるのは、泉鏡花、小川未明、北原白秋、西條八十、サトウハチロー、島崎藤村、薄田泣菫、竹久夢二、野口雨情、浜田廣介、三木露風、若山牧水らの当代一流の作家たちであり、女性としては与謝野晶子がひとりいるばかりという、テルにとってはこれ以上ない晴れがましい場だった。しかもこの版には与謝野晶子の作品が載っておらず、女流童謡詩人としては金子みすゞただひとりの掲載だったから、テルの嬉しさもひとしおだった。

雑誌の懸賞募集に応ずる形ではなく、立派な体裁の書籍に作品が載ったことは、大いにテルの励みとなった。

仏蘭西から八十が帰国して、さあこれからと意気込んだ矢先の**童話**廃刊だったが、それを惜しんだのかどうか、主立った投稿家が名を連ねた自家版同人雑誌の作られた形跡がある。

それが創作童話、童謡、戯曲、詩、物語の原稿を募集している**薔薇（SOBI）**で、やはり金子みすゞもメンバーの中に名前が入っている。前出の**曼珠沙華**と入れ替わるかも知れないが、まぼろしの雑誌への有力寄稿作をあげるとすれば「水すまし」だろうか。

水すまし

一つ水の輪、一つ消え、
三つまはれどみな消える。
水にななつの輪を描(か)けば、
魔法(まはふ)は泡と消えよもの。

お池のぬしに囚はれの
いまの姿は、水すまし。

きのふもけふも、青い水、
雲は消えずに映るけど、

一つ、二つ、と水の輪は、
一つあとから消えてゆく。

（薔薇・大正15年11月）

唐突に**童話**がなくなったあと、テルはすぐに次なる有望誌を見つけている。それが**愛誦**という、西條八十が主宰する新しい文芸誌で、初の掲載は12月号となるのだが、それに先だってテルにはうれしい出来事があった。

大正15年11月14日、テルは女の子を無事に出産したが、これに先立つ9月2日、宮本の手で正式な婚姻届が出されている。

可愛らしい女の子を授かったテルは、傍目にも分かるほど明るくなっていった。つわりのうっとうしさから解放されただけでなく、血を分けたわが子の誕生をみた充足感は、テル自身も思いがけなかったくらいに大きなものだった。

母となった彼女は、子育てにのめり込んで、あまりの溺れぶりは正祐をして呆れさせるほどだった。母親のミチと一緒になってわが子をあやすテルには、童謡詩人としての凛然とした面影もみられなかったが、それでも育児の合間を見ての創作は続けられていた。

昭和と年号の改まった12月、西条八十が新たに作った**愛誦**誌上にテルの作品が載った。

世界中（せかいぢゅう）の王様（わうさま）

世界中の王様をよせて、
「お天氣ですよ。」と云ってあげよう。

王様の御殿(ごてん)はひろいから、
どの王様も知らないだらう。
こんなお空を知らないだらう。

世界中の王様をよせて
そのまた王様になつたのよりか、
もつと、ずつと、うれしいだらう。

愛誦・大正15年12月号

大正天皇の喪に服してひっそりとした昭和2年の正月、テルは娘の房枝を抱き、宮本と一緒に松蔵とミチに年始の挨拶に訪れていた。松蔵と宮本の間は、一時はかなり険悪なものとなっていたが、子供も出来たことで、宮本は心を入れ替えたかのようにまじめに働いていた。そんな様子をみて、次第に元のように仕事を任せられるようになっていたが、いっそう複雑な心境にさせられたのが正祐だった。

主人代理の位置からはすべり落ちたとはいえ、仕事をさせれば立派な手際を見せる宮本と比べると、いかにも正祐は要領が悪かった。以前のように上山文英堂の跡取り息子に返り咲いたのに、実務的な采配を宮本が振るう様子を見せつけられれば面白いはずもなかった。

正祐は次第に花街のお茶屋通いに溺れるようになっていき、その度外れた浪費によって結果的には店を傾かせる遠因ともなっていくのだが、その一方でテルの作品は**愛誦**に連続して掲載された。

繭（まゆ）とお墓

蚕（かひこ）は繭（まゆ）に、
はいります、
きうくつさうな
あの繭に。

けれど、蚕は

うれしかろ、
蝶々になつて、
飛べるのよ。

人はお墓へ
はいります、
暗いさみしい
あの墓へ。

そして、いい子は
翅(はね)が生え、
天使になつて
飛べるのよ。

愛誦・昭和2年1月号

明るい方へ

明るい方へ
明るい方へ。

一つの葉でも
陽(ひ)の洩(も)るとこへ。
藪かげの草は。

明るい方へ
明るい方へ。

翅は焦(こ)げよと
灯のあるとこへ。

夜飛ぶ蟲は。
明るい方へ
明るい方へ。

一分もひろく
日の射すとこへ。
都會（まち）に住む子等は。

愛誦・昭和2年1月号

月と泥棒

十三人の泥棒が、
北の山から降りて來た。

町を荒らしてやらうとて、
黒い行列つゥくつた。

たつた一人のお月さま、
裏の山からあァがつた。
町を飾(かざ)つてやらうとて、
銀のヴェールを投げかけた。

黒い行列ァ銀になる、
銀の行列ァぞろぞろと、
銀のまちなかゆきぬける。

十三人の泥棒は、
お山のみちも忘れたし、
泥棒(どろぼ)のみちも忘れたし、

南のはてて、氣がつけば、
山はしらじら、どこやらで、
コケッコの、バカッコと鶏(とり)がなく。

愛誦・2月号

さみしい王女

つよい王子にすくはれて、
城へかへつた、おひめさま。

城はむかしの城だけど、
薔薇(ばら)もかはらず咲くけれど、

なぜかさみしいおひめさま、
けふもお空を眺めてた。

（魔法つかいはこはいけど、
あのはてしないあを空を、
白くかがやく翅のべて、
はるかに遠く旅してた、
小鳥のころがなつかしい。）

街の上には花が飛び、
城に宴はまだつづく。
それもさみしいおひめさま、
ひとり日暮の花園で、
眞赤な薔薇は見も向かず、
お空ばかりを眺めてた。

愛誦・3月号

雲

私は雲に
なりたいな。

ふわりふわりと
青空の
果から果を
みんなみて、
夜はお月さんと
鬼ごっこ。

それも飽きたら
雨になり
雷さんを
供につれ、

おうちの池へ
とびおりる。

愛誦・4月号

雛まつり

雛のお節句來たけれど、
私はなんにも持たないの。
となりの雛はうつくしい、
けれどもあれはひとのもの。
私はちひさなお人形と、
ふたりでお菱をたべませう。

愛誦・4月号

童話誌上に掲載されたのと同じように、ほぼ毎月のように金子みすゞの童謡詩が愛誦に載ったが、この二者の間の明確な差違は、後者が職業作家の仕事としての扱いを受けていることだろう。

つまりは西條八十が、テルに対して正式に寄稿を依頼し、原稿料も支払ったということであって、初期の「繭とお墓」に至っては、八十の詩と同じページに載るという好遇を受けている。

そもそも八十は、童話誌でよきライバル関係にあった島田忠夫とともに、金子みすゞを弟子のように思っていた節がある。

何誌もの選者を兼任し、童謡を書き詩を作り、あるいは渡仏記をエッセイのように連載する八十は多忙を極めていたに違いないが、童謡詩人としての金子みすゞの感性を大いに認めていたからこそ、わざわざ時間を作ってくれたのだろう。

昭和2年の春、テルにとって最高の嬉しさとなったのが、かねて希望していた西條八十との面会が叶ったことだった。仙崎と下関以外は、対岸の門司か福岡の病院くらいしか行ったことのないテルにとって、東京に旅するなぞはとんでもないことであり、心の師と仰ぐ八十の方から下関で会うための時間を作ってくれたのは願ってもない幸運だった。

以前から手紙で「お逢いしたい……」と訴えていたテルの要望に応える形で、公演旅行の途中の連絡船を待つ間の短時間なら下関駅頭で逢えるとの八十の電報にあった日、彼女はおさない房枝を背に負って家を出た。

当代きっての流行作家に会うのだから、おしゃれをしてもよさそうなものの、テルが普段着で髪を撫でつけた程度の格好なのは、やはり宮本に気兼ねしたからだった。それでなくとも、詩作活動には理解を示さない宮本に、西條先生と逢うなんて知られれば、どんなに嫌みを言われるかわからなかった。

随分と早くから下関駅に着いたテルだったが、殺風景に広いプラットホームで海風に吹かれている間に、次第に不安な気持ちを募らせていった。電報を受け取った時には嬉しさばかりがこみ上げたが、実際に逢えるという段になると、自分の姿があまりにもみすぼらしく思えてならなかった。

時折雑誌に写真が載る八十の姿は、いわゆるモダンボーイ然とした素敵ないでたちであり、東京には垢抜けたモガもいっぱいいるに違いないのに比べて、いかにも田舎町のおかみさん風な自分の格好が恥ずかしかった。

だから彼女の姿は、列車が到着した時にはホームの鉄柱の陰に隠れていたが、そんなテルを八十の方が見つけて歩み寄っていた。

挨拶もそこそこに、「西條先生にお目にかかりたさに、山を越えてまいりました。これからまた、山を越えて家に戻ります……」とだけ言うと、テルはもう胸がいっぱいでなにも話せなかった。手紙では雄弁に語る金子みすゞが予想に反して寡黙な人であり、しかも普段着でおさな子を背負っている姿に、八十は房枝の頭を撫でるばかりだったという。

万感の思いを言葉で伝えることは出来なかったが、それでもテルは八十に逢ったのがうれしくて、わざわざ遠回りをして文英堂に報告に行っている。あいにく正祐には会えなかったが、母方の従兄弟の花井正をつかまえて、「いま、駅で西條先生にお逢いしてきたの」と紅潮した顔で伝えている。

同月の愛誦にも、テルの作品が載っている。

博多人形

こほろぎが
ないてゐる
夜ふけの街の芥箱（ごみばこ）に。

一つ明るい
かざり窓
あおい灯（ひ）に
博多人形の
泣きぼくろ。

こほろぎが
ないてゐる
街（まち）の夜更（よふ）けの芥箱（ごみばこ）に。

愛誦・昭和2年5月号

八十に逢えた嬉しさも醒めやらぬ7月、芥川龍之介がカルモチン（ベロナール）を飲んで自殺した。正祐と同じくらい芥川に傾倒していたテルにとって、時代の寵児とまでもてはやされた彼の自死は衝撃だった。「唯ぼんやりとした不安」を理由に自分で命を絶った芥川のあとを追うように自殺する人なども出たが、それはテルの生き方にも暗い影を落とす出来事となった。そんな沈んだ心とは反対に、テルの明るい童謡が**愛誦**に載ったのも7月だった。

芝草

名は芝草といふけれど、
その名を言つたことはない。
それはほんとにつまらない、
みじかいくせに、そこらぢゆう、
みちの上まではみ出して、

力(ちから)いっぱいりきんでも、
とてもぬけない、つよい草。

げんげは紅(あか)い花がさく、
すみれは葉まで、やさしいよ、
かんざし草はかんざしに、
きやうびななんかは笛になる。

けれどももしか野原ぢゆう、
そんな草たちばかしなら、
くたびれたとき、わたしらは
どこへ腰かけ、どこへねよう。

青い、丈夫な、やはらかな、
たのしいねどこよ、芝草よ。

愛誦・7月号

人なし島

人なし島にながされた、
私はあはれなロビンソン。

ひとりぼつちで、砂にゐて、
はるかの沖をながめます。

沖は青くてくすぼつて、
お船に似てる雲もない。

けふも、さみしく、あきらめて、
私の岩窟（いはや）へかへりましよ。

（おや、誰か知ら、出て來ます、

水着着た子が三五人。)
百枚(ひゃくまい)飛ばして、ロビンソン、
めでたくお國へつきました。
(父さんお晝寝、さめたころ、
お八つの西瓜(すゐくわ)の冷えたころ。)
うれしい、うれしい、ロビンソン
さあさ、お家へいそぎましよ。

愛誦・7月号

傷心のテルにさらに追い打ちをかけるように、祖母ウメの死が告げられた。隣家に行こうとして自転車にはねられたウメは、そのまま寝付いていたが、ふたたび起きることもなく七十一歳の生涯を閉じた。

母ミチが妹のあとを埋めるように下関に嫁していった時から、ずっと母親代わりをつとめてくれた祖母だった。

朝と晩のお勤めを欠かさずに、背中で仏様に包まれる大切さを教えてくれた祖母であり、正祐が初めてテルと堅助の弟であると知れた晩、3人が泣き笑いをする姿を傍で見ていて、そっと袖で涙をぬぐった心優しい祖母であった。

テルはまだ乳飲み子の房枝をおぶって仙崎を訪れ、どれほど感謝しても感謝しきれないウメに最後のお別れをしている。

同じ8月には、西條八十が編んだ**日本童謡集・上級用**に、ふたたび金子みすゞの「お魚」が載った。

そして**愛誦**10月号には、ふたつの作品が掲載されている。

蜂と神さま

蜂はお花のなかに、
お花はお庭のなかに、

お庭は土塀のなかに、
土塀は町のなかに、
町は日本のなかに、
日本は世界のなかに、
世界は神さまのなかに。

さうして、さうして、神さまは、
小ちやな蜂のなかに。

愛誦・10月号

女の子

女の子って
ものは、
木のぼりしない

もののよ。

竹馬乘つたら
おてんばで、
打ち獨樂(ぶごま)するのは
お馬鹿なの。

私はこいだけ
知つてるの、
だつて一ぺんづつ
叱られたから。

愛誦・10月号

これより以前に、嫌々ながらに働いていた宮本が文英堂を辞めている。一時はのれん分けを約束されて、一所懸命に働いたこともある宮本だったが、正祐が芸妓にうつつを抜かしている状況に、店の将来を見限ったのかも知れない。無断欠勤を重ねる宮本は、松蔵に激しく叱責されると、もう店に出なかった。

いくつかの手伝い仕事などもやってはみたものの、山っ気のある宮本に続くはずもなく、10月になってから郷里でやり直すつもりで熊本に帰っている。実家で元からやっている蜜作りに関わろうとするも、彼が手伝う余地もなく、ましてや一度は勘当も同然に故郷から追われた宮本には安住の地ではなかった。

彼は妻子とともに下関に帰ったが、上山文英堂には戻らずに、新しく借りた上新地町の家で「宮本食料玩具店」を始めた。

それはくじ付きの菓子を景品ごとセットで卸す商売で、山口県内のみならず、遠く九州にまで商圏を広げていった。当たり外れのあるくじ付き菓子は、みんなに平等ではなく、しかも射倖心を煽(あお)るからとの理由で禁止されていたが、それだけに儲けは大きかった。元々が商才のある宮本は、規制の網をすり抜けるようにして景品付き菓子を売りさばき、かなりな利潤を上げるようになっていった。

テルはそんな風に、警官の顔色をうかがいながら続ける危ない商売は好まなかったが、かと言って反対することも出来なかった。彼女に出来るのは、おさない房枝の世話と、小さな机に向かって手紙を書き、あるいは童謡を作り続けることだけだった。

そんなテルの様子を見て、宮本は内心で面白くなかった。まだ小さな時分に母を亡くし、継母をも病気で亡くしている宮本は、女性の中に強く母性を求めるタイプだったのだろうが、あいにくテルはそうではなかった。

少女のままで大人に成長したような一面のあるテルにも、ひとつだけロマンスめいたエピソードが残っているが、そんなことがあったとしても、本の中での擬似的な恋愛を夢想することの方が多かっただろうし、異性を包み込むほどの深い母性を育む家庭環境でもなかった。

もちろんおなかを痛めた房枝には、あふれるほどの愛情を注ぎ込んだが、それは夫に対して向ける母性とは異質のものだった。

世間を憚る、それくらいだから儲けの大きい商売を続けるうちに金回りのよくなった宮本は、やがて遊郭街に入り浸るようになる。会話もなくなった夫婦生活の淋しさを埋めてくれるのは、片言をしゃべるようになり、ヨチヨチ歩きもするようになった房枝と遊ぶことだけだった。

宮本の去った上山文英堂にも房枝を連れて訪れたが、母ミチと一緒になってわが子をあやしながらも、テルは自堕落な生活を続ける正祐が心配だった。

実は正祐は、心に深い傷を負っていた。大好きだった母フジを病で失ったが、後になって実母ではなかったと知れ、今の父親も養父であったこと、松蔵に嫁してきた伯母のミチが本当は自分を産んだ母親であり、さらには心の奥で心酔し、ほのかに恋心さえ抱いていたテルが実の姉で恋愛してはならない対象だったこと、などの天地がひっくり返るほどの変事がいちどきに押し寄せたのだから、正祐が平常心を失うのも当然だった。

それでも、テルと芸術上の語らいができている頃はまだよかったが、子供ができた途端に自分の方を向いてくれなくなった彼女に失望し、同時に自分をも見失った彼にできるのは、酒に溺れて我を忘れることだけだった。

純情なところのある正祐は、ベテランの芸妓だけでなく、駆け出しの半玉にまでいいようにカモにされる始末だったから、どんなに店の金を持ち出しても足りるはずもなかった。

従姉妹のテルちゃんの独創性と想像力に触発される形で作曲家を目指し、シナリオライターを目指した正祐だったが、今では茫然自失して目標すら見つけられない精神状態をさすらっていた。そんな無茶な生活を送る正祐に、姉としてかけてあげられる言葉もなく、テルはただ心配げに彼を見守るばかりだった。

さすがに店で働く者から不満の声が上がったが、なぜか松蔵が本気で叱責しなかったのは、養子の件をずっと隠してきたとの負い目からだったか、あるいはこの頃は病気がちで、めっきり気力が衰えたせいかもしれない。

だから正祐を叱責するのはミチの役目になっていたが、松蔵とミチでは同じ叱るにも迫力が違っているから、彼の放蕩は止まなかった。そんな複雑な内外の状況に押しつぶされそうになりながらも、テルは健気に愛娘に童謡を唄って聴かせ、本を読み、数え唄やカルタを教え、そして時折の寄稿も続けていた。

雨の日

色紙を野原いっぱい
撒（ま）きませう。

枯野を春に
變へませう。

色紙をちよきんちよきんと
剪りました。
あした日和に
なつたら、と。

色紙を日ぐれに誰か
棄てました。
わすれて銀杏
してるまに。

愛誦・昭和2年11月号

ぬかるみ

この裏町の
ぬかるみに、
青いお空が
ありました。

とほく、とほく、
うつくしく、
澄んだお空が
ありました。

この裏まちの
ぬかるみは、
深いお空で

ありました。

金魚のお墓

暗い、さみしい、土のなか、
金魚はなにをみつめてる。
夏のお池の藻の花と、
揺(ゆ)れる光のまぼろしを。

静かな、静かな、土のなか、
金魚はなにをきいてゐる。
そつと落葉の上をゆく、
夜のしぐれのあしおとを。

愛誦・12月号

冷たい、冷たい、土のなか、
金魚はなにをおもつてる。
金魚屋の荷のなかにゐた、
むかしの、むかしの、友だちを。

愛誦・12月号

6章　憂鬱な日々

昭和3年の正月を迎えても、テルの心が晴れなかったのは、体の調子がずっと悪いからだった。体の節々が痛くて、歩くのもままならない日々が続いたが、それは夫に性病をうつされたせいだった。宮本の生活態度から、それと分かったものの、そんな恥ずかしいことは誰にも打ち明けられなかった。

それでも普段の暮らしはなんとか維持していたものの、困ったのは房枝のお風呂だった。母親のミチに話せば、献身的に世話をしてくれるだろうが、他の誰よりもミチには知られたくなかった。

それ以前からテルは、父方の従姉妹の高橋歌子を訪ねることが多く、すぐ近くには共同風呂もあったので、丸山町の彼女を頼ることに決めた。上山文英堂のある西南部町よりは手前だが、それでも一坂越えなければいけない丸山町までは、房枝を背負ったテルにはつらい道のりだったが、そんな弱音を吐いている場合ではなかった。

いつも公衆浴場の開くおひる少し前には着き、歌子が房枝を抱きかかえる風にしてお風呂に入れている間を服脱ぎ場で待ち、出てきた房枝の体を拭いて着物を着せては、連れだって家に戻って少しばかり雑談しては帰る日々が週に4日ほどあったという。

同じ病気にかかった宮本は治ったらしいから、彼女も早期に治療をしていればこれほど症状がひどくはならなかったかも知れないが、やはり明治生まれの古いタイプの女性としてはそうはできなかったのだろう。

いずれにしても、自分の病気をひた隠しにしながらも、テルの寄稿は続けられた。

不思議（ふしぎ）

私は不思議でたまらない、
黒い雲からふる雨が、
銀（ぎん）にひかつてゐることが。

私は不思議でたまらない、
青い桑（くは）の葉たべてゐる、
蠶（かひこ）が白くなることが。

私は不思議でたまらない、
たれもいぢらぬ夕顔(ゆふがお)が、
ひとりでぱらりと開(ひら)くのが。

私は不思議でたまらない、
誰にきいても笑つてて、
あたりまへだ、といふことが。

愛誦・昭和3年1月号

麥のくろんぼ

麥のくろんぼぬきませう、
金の穂波をかきわけて。

麥のくろんぼぬかなけりや、

ほかの穂麥にうつるから。
麥のくろんぼ焼きませう、
小徑(こみち)づたひに濱へ出て。
麥になれないくろんぼよ、
せめてけむりは空たかく。

私の丘

私の丘よ、さやうなら。
茅花(つばな)もぬいた、草笛を、
青い空みて吹きもした、
私の丘の青草よ、

愛誦・昭和3年2月号

みんな元氣で伸びとくれ。

私ひとりはゐなくても、
みなはまた來てあすぼうし、
ひとりはぐれたよわむしは、
ちやうど私のしたやうに、
わたしの丘と呼びもせう。

けれど、私にやいつまでも、
「私の丘」よ、さやうなら。

愛誦・3月号

薔薇の根

はじめて咲いた薔薇（ばら）は
紅（あか）い大きな薔薇だ。

土のなかで根がおもふ
「うれしいな、
うれしいな。」

二年めにや、三つ、
紅い大きな薔薇だ。
土のなかで根がおもふ
「また咲いた、
また咲いた。」

三年めにや、七つ、
紅い大きな薔薇だ。
土のなかで根がおもふ
「はじめのは
なぜ咲かぬ。」

愛誦・4月号

この作品以降、３ヵ月ほど寄稿を休んでいるが、その間にも愛誦の隆盛を物語るお知らせなども出ている。

（…寄稿が増えたため、以後の応募は交蘭社製の原稿用紙を使用せられたし）

（…詩、小曲、童謡の各部門で募集しているが、新たに民謡部門も追加します）

読者通信欄には「金子みすゞ氏御無沙汰失禮、お勉強の事祈上ます。あなたはもう少し世間的になつてもいゝでせうと存じています。〈東京市外高圓寺・小林〉」などの、テルに対してのメッセージも寄せられている。

それらの反響はうれしかったが、テルの病状はいよいよ悪化していくばかりだった。

内憂外患状態のテルにとって、ひとつの憂いの元が消えようとしていたが、それは正祐の東京進出だった。かなり以前から東京に行かせてくれと訴えていた正祐の願いが、ここに来て急に叶えられることになったのは、テルやミチの応援もあっただろうが、一度は願い通りにさせて失敗を味合わせてみなければ、本腰を入れて本屋の跡取りになる気も起きないだろうとの松蔵の考えからだった。このまま遊蕩を続けられたら、さすがの文英堂も傾いてしまうとも思ったかどうか、とにかく正祐は大手を振って東京に行けることとなった。

特に東京に伝手もない正祐の当面の当てとしては、友人に書いてもらった古川ロッパへの紹介状だけだったが、そんな彼をテルが側面から応援している。古川ロッパに出した手紙の中に「弟の事をよろしくお願ひします」と書かれていたのが効果を発揮したのかどうか、正祐は紆余曲折を経て、翌春から文藝春秋社の**映画時代**編集部へ就職することになる。

東京で正祐が就職活動をしている頃、**愛誦**にテルの「土」が載ったが、それは大正14年の**童話**2月号に掲載されたのと同じだった。これまでに80作に近い童謡詩が各雑誌に載っているが、これほどまでに明らかな重複は今までにないことだった。

そしてより問題なのは、テルから教えられて**愛誦**8月号を本屋で立ち読みした東京の正祐が、重複を指摘もせずに内容をほめていることだった。

童話誌でも、ポケット手帳に清書された自作童謡集でも「土」を見て知っているはずの正祐が、こんな単純な二重投稿にも気づかないこと自体が、東京での新しい仕事探しに忙殺されていて、それどころではないことを如実に物語っている。

ちなみにテルの結婚話に猛反対して仙崎に押しかけた正祐に、批評をしてくれると手渡された2冊の自作童謡集だが、その後でふたたびテルの手元に戻されたと思われる。なぜならば活字化された作品群の上には、テル自身によって正確に丸印がつけられているからで、こんなところにも彼女の几帳面さが表れている。

さて「土」だが、先の発表作とは字句が少しだけ違っているので、参考までに書き出してみる。

土

こッつん　こッつん
打(ぶ)たれる土は
よい畠になつて
よい麥生むよ

朝から晩まで
踏(ふ)まれる土は
よい路になつて

車をとほすよ。
打たれぬ土は
踏まれぬ土は
要らない土か。

いえいえ、それは
名のない草の
お宿をするよ。

愛誦・昭和3年8月号

東京の正祐は、来年早々からの文藝春秋社への就職が本決まりとなっているが、その間にも下関で刊行された**燭台**に映画評を寄稿している。そんな縁からテルにも新作童謡を出すことを勧めたが、もうすでに下関あたりの詩人の間では金子みすゞはビッグネームであり、テルの寄稿が大歓迎された様子もうかがえる。

雪

誰も知らない野の果で
青い小鳥が死にました
　さむいさむいくれ方に

そのなきがらを埋めよとて
お空は雪を撒きました
　ふかくふかく音もなく

人は知らねど人里の
家もおともにたちました
　しろいしろい被衣着て

やがてほのぼのあくる朝

空はみごとに晴れました
　あをくあをくうつくしく
小(ち)さいきれいなたましひの
神さまのお國へゆくみちを
　ひろくひろくあけようと

燭台・昭和3年9月号

小さな朝顔

あれは
いつかの
秋の日よ。

お馬車で通つた村はづれ、

草屋が一けん、竹の垣。

竹の垣根に空いろの、
小さな朝顔咲いてゐた。
—空をみてゐる瞳(め)のやうに。

あれは
いつかの
晴れた日よ。

愛誦・昭和3年10月号

七夕のころ

風が吹き吹き、笹藪の、
笹のささやききました。

伸びても、伸びても、まだ遠い、
夜の星ぞら、天の川、
いつになつたら、届かうか。

風がふきふき外海の、
波のなげきをききました。

もう七夕もすんだのか、
天の川ともおわかれか。

さつき通つて行ったのは、
五色きれいなたんざくの
さめてさみしい、笹の枝。

愛誦・11月号

日の光

おてんとさまのお使ひが、
そろつて空をたちました。
みちで出逢つてみなみ風、
なにしにゆくの、とききました。

ひとりのお使ひいひました、
「ひかりの粉(こな)を地に撒(ま)くの、
みんながお仕事できるやう。」

ひとりはほんとに嬉しさう、
「私はお花を咲かせるの、
世界をたのしくするために。」

ひとりのお使ひやさしい子、

「私は清いたましひの、
のぼる反り橋かけるのよ。」
殘つたひとりは寂しさう、
「私は、影をつくるため、
やつぱり一しよにまゐります。」

燭台・11月号

病が進行して、いよいよ立ったり座ったりが不自由になった頃、それでも小さな机にかじりつく風にして正祐に手紙を書くテルの様子を見て、宮本が嫉妬した。宮本はもっと子供に向き合えという理由の元に、一切の手紙を書くことを禁じ、ついでのように童謡を作ることも禁じた。

彼にしてみれば、つい口走ってしまった程度のことだったろうが、ある意味で詩作が生きることと同義にもなっているテルの落胆は大きかった。

それ以後は、宮本がいない隙を盗むようにして机に向かい、手紙類はすべて以前に働いていた商品館宛てにしてもらうありさまだったが、そんなテルの救いが房枝の立ち居振る舞いだった。

目も離せないほど活発になった房枝は、母親に甘える時は甘える一方で、上手にひとり遊びもできるいい子だった。新しい着物によろこび、長いたもとをひらつかせてクルクルと回って見せ、おじいちゃんおばあちゃんにもよく懐いていた。血はつながっていなくとも、自分のことをおじいちゃんと呼んで抱きついてくる孫が可愛くないはずもなく、松蔵が気前よく果物などを買ってあげた様子なども書き残されている。

妻とは疎遠になっていても、宮本もまた父親としての愛情をそそぎ、房枝もお父ちゃんと呼んでは抱きついていったことだろう。

けれどもやはり、一番頼りにして、何度でもまとわりついていったのはテルに向かってだった。もう2歳になったから、かなりしゃべるようにもなった房枝は、テルが読み聞かせるおはなしを吸収し、童話や数え唄を覚え、時にはすっとんきょうな思い違いなども披露して周囲をなごませたに違いない。

そんな楽しいような、憂鬱なような昭和3年が暮れようとしていた。

7章　ささやかな願い

雀

ときどき私はおもふのよ。

雀（すずめ）に御馳走（ごちそう）してやつて、
みんな馴（な）らして名をつけて、
肩やお掌（て）にとまらせて、
よそにあそびに行くことを。

けれどもぢきに忘れるの。
だつて、遊びはたくさんで、
雀のことなんか忘れるの。

思ひ出すのは夜だもの、
雀のゐない夜だもの。

いつも私のおもふこと、
もしか雀が知つてたら、
待ちぼけばつかししてるでしよ。
わたし、ほんとにわるい子よ。

丘の上で

あたまの上には青い空、
足の下には青い草。
お伽噺にいつも出る、
王女の姿はうつくしい。

愛誦・昭和4年1月号

けれども黄金の冠は
青い空よりちひさいし、

きれいな黄金のあの靴も、
青い草よりかたいだろ。

あたまの上には青い空、
足の下には青い草。

丘に立ってる私こそ、
もつときれいな王女さま。

燭台・昭和4年1月号

墓たち

墓場のうらに、
垣根ができる。

墓たちは
これからは、
海がみえなくなるんだよ。

こどもの、こどもが、乗つてゐる、
舟が出るのも、かへるのも。

海辺（うみべ）のみちに、
垣根ができる。

僕たちは
これからは、
墓がみえなくなるんだよ。

いつもひいきに、見て通る、
いちばん小さい、丸いのも。

愛誦・2月号

汽車の窓から

お山であかいは
あれはなに。

あれは櫨(はじ)の木、櫨紅葉(はじもみじ)、
なにか怖(こは)いな、黒い赤。

お里であかいは
あれはなに。
あれは熟れてる柿の實よ、
見てもうまそな黄いな赤。

お空であかいは
あれはなに。
あれはお汽車の燈のかげよ、
さみしい赤よ、亡い赤よ。

愛誦・2月号

羽蒲團

あつたかさうな羽蒲團（はねぶとん）
誰にやろ、
表にねむる犬にやろ。

「私よりか」と犬がいふ。
「裏のお山の一つ松
ひとりで北風うけてます。」

「私よりか」と松がいふ。
「野原でねむる枯草は
霜のおべべを着てゐます。」

「私よりか」と草がいふ。

「お池でねむる鴨の子は
氷の蒲團しいてます。」
「私よりか」と鴨がいふ。
「雪のお蔵(くら)でお星さま
よつぴてふるへて居られます。」
あつたかさうな羽ぶとん
誰にやろ、
やつぱし私が着てねよよ。

愛誦・３月号

花と鳥

花と鳥

あそんでた、
繪本のなかで。

花と鳥
ならんでた、
お葬式(とむらひ)のまへに。

たァれと
あそぶ、
花屋の花は。

たァれと
あそぶ、
鳥屋の鳥は。

愛誦・3月号

トランプの女王

お祭りすぎの
夜あそびに、
ふいとなくした
女王さま。

いつか忘れて
日がたつて、
秋の日和の
お掃除に、
床(ゆか)の下から
出は出たが、

泥にまみれて

おちぶれて、
髪さへ白い
おばあさま。

愛誦・4月号

昭和4年の正月から春先にかけて披露された作品の、ほんわかとした雰囲気とは違って、テルの生活は窮迫していった。

最初に「宮本食料玩具店」を開いた所とはさほど離れていない場所への引っ越しがあり、更に数ヶ月後には逆戻りするような位置関係の上新地二四四九へと引っ越している。

おそらく商売の関係で、警察に目をつけられては転居したのかも知れないが、いずれにしても落ち着かない暮らし向きだった。そんなとき、テルは大津高女の同窓会誌に久しぶりに文を寄せている。

卒業生通信　（一）日常状況（二）趣味（三）感想（四）其の他（到看順）

第八回　宮本テル

なんとお答致しませう。唯子供が一人それが始めでそれが終りで御座います。あの頃日輪の高さにまで翔つた空想も今は翼を失ひました。殘つた者は一人のおろかしい「母」それだけでございます。變らないのは昔ながらの本の蟲書物の頁の中より外の世界は知らうともしないのです。日向で子供と遊ぶのと灯影で本を擴げるのとさゝやかなでも清らかな幸福がそこにございます。忙しい町中のしかも活動常設館と市場との間に住んで煩らはしい商賣をしてゐまして青草の匂と共になつかしむ遠いその日の方たちの御消息こそ伺ひたいものでございます。

みさを・十二号

映画館と市場に挟まれたうるさい場所で、わずらわしい商売をしていると書いてあるから、おそらく景品付き菓子の卸売りは続けていたのだろうが、お上の目を盗んでの仕事がいつまでも儲けられるはずもなく、しかも夫が遊郭遊びをしているのでは生活費にも事欠いたに違いない。

そんな中でも、子供と日向で遊ぶのがささやかな幸福だと書いてあって、多少は救われる思いだが、その間にもテルの病状はどんどん悪い方へと進んでいった。

おそらくこの頃には、母親のミチだけには教えたか、あるいは問い詰められて白状する形で淋病だと伝えたのだろう。ミチは娘のあまりにも理不尽な不幸を嘆いたが、自身も足の不自由な彼女にできることは多くなく、せめて孫娘の房枝と遊んだり泊めたりすることくらいだった。

こんなに精神も体も疲れ切った状況で、テルの気持ちを代弁するような童謡が載った。

夕顔

お空の星が
夕顔に、
さびしかないの、と
ききました。

お乳のいろの
夕顔は、
さびしかないわ、と
いひました。

お空の星は
それつきり、
すましてキラキラ
ひかります。

さびしくなつた
夕顔は、
だんだん下を
むきました。

愛誦・昭和4年5月号

一般的にはこの「夕顔」が、テル生存中に掲載された最後の作品とされているが、実は昭和4年11月発行の、東亜学会協会編の**全日本詩集**に「繭と墓」が再掲載されている。しかも作者金子みすゞの住所として、下関市上新地二四四九（宮本商店方）となっていることから、おそらく東京の文書堂という出版社から掲載の許可願いが出され、現在の住所を記して承諾を与えたと思われるが、そんなことがあってもテルの元気は戻らなかった。

失意のテルに追い打ちをかけるかのように、この年に**赤い鳥**も**金の星**も廃刊され、童謡詩の黄金時代が終わった。それ以前に童謡の募集欄も消えて、抒情小曲にまとめられたり、ひどい雑誌になると滑稽童謡を募集したりのありさまで、もう金子みすゞとして作品を発表する場は**愛誦**のみになってしまったが、頼みとする西條八十その人が流行歌の方面に流れてしまってもいた。

もはやテルにできるのは、以前に正祐に手渡した2冊の遺稿集の続き、「さみしい王女」を清書することだけだった。夏の引っ越しを挟んで、秋になってようやく「さみしい王女」を仕上げたテルは、巻末手記を書いてペンを擱（お）いている。

巻末手記（くわんまつしゆき）

—できました
できました
かはいい詩集ができました。

我とわが身に訓（おし）ふれど、
心おどらず
さみしさよ。

夏暮れ
秋もはや更（た）けぬ、
針もつひまのわが手わざ、
ただにむなしき心地（こゝち）する。

誰に見せうぞ、
我さへも、心足(た)らはず
さみしさよ。

（ああ、つひに、
登り得ずして歸り來し、
山のすがたは
雲に消ゆ。）

とにかくに
むなしきわざと知りながら、
秋の灯(ともし)の更(ふ)くるまを、
ただひたむきに
書きて來(こ)し。

明日(あす)よりは、
何を書かうぞ
さみしさよ。

3冊目となる「さみしい王女」と、改めて一緒に手渡した前の2冊と合わせると、実に五〇〇を越える数の童謡詩が作り出されたわけで、テルの旺盛な創作意欲と時を得ての才能の開花には驚かされる。

正祐にはポケット手帳に清書だったが、おそらく八十には、もっとちゃんとした形での原稿が渡されているのだろう。そして西條八十も、伝手を頼ってテルの写真を求めるなどの行動をとってはいるが、結局のところ「金子みすゞ童謡詩集」は八十の手でも、弟の正祐の手でも出版はされなかった。

テル生存中には日の目を見なかった発表された以外の童謡は、彼女の死後50年以上も経ってから甦ることとなる。

8章　ふさえの言葉

ひとしお愛らしさを増した房枝は、三歳になる頃にはおしゃまなおしゃべりさんになっていた。仕種も可愛らしいが、舌足らずなしゃべり方も愛くるしい房枝の言葉のすべてが、テルにとっては大切な宝物だった。

祖母や母からは「ふうちゃん」と呼ばれるのに、房枝が自分を呼ぶときには「ぶうちゃん」となって音が濁るのは、とがらせた唇の間に少しだけ隙間を作ることができずに、破裂音になってしまうからだと思われるが、それらの全部をひっくるめて、テルはわが子との会話を楽しんでいった。

房枝は自然現象などについて、テルがおどろくほどの豊かな表現をすることがあった。

「お月さま、屋根にカクレンボしてる」

「お月さま、はだかんぼ」

「おや、お月さま、彼所(あっこ)に、あとずうと、お星さま、みんな出てる。夕焼け小焼け、もうすんでしまうたね」

「お月さま、大きなお傘、さしてたね。おぶうちゃん、お月さま、こんばんは、て言うた」

「お月さま、彼処（あっこ）にゐた、いまゐなくなった、どこへいったでせう、晩だから、おらんのね」

あるときは西空が夕焼けなのに、東の松林の雲が赤く染まっていないのを見て言った。

「雲（くも）がたーくさん、夕焼（ゆうや）け小焼（こや）け。松の中は、夕焼け小焼けない、雲ばっかり」

「やあ、黒いお月さま、半分しかないね。もひとつ片っぽ、逃げ出してしまうた。帰って、お蜜柑食べようね」

「雲、あの雲、運動会の雲」

「ダルマさん、マント、赤いマント、頭からかぶってる、雪が降ってるから」

因幡の白ウサギの絵を見て「うさぎさん、あせも、痛い痛いて泣いてる」と言うかと思えば、「おばあちゃん所、おなべ。おぶうちゃん所、上新地内、おかま」などとも言った。これはミチが西南部（にしなべ）町に住んでいるのに引っかけてのことで、それにしても「おかま」は三歳児の言葉とも思えないほどふるっている。

キャンデーのしゃぶりかけを出してみて、中に小さな泡がふたつ並んでいるのを「飴、なめたら、お眼（めめ）できた」と表現し、「ダイダイの中から、柿の種」とも言った。

「お父ちゃん、お蒲団(ぶとん)、お山みたい。おぶうちゃんの、お山ないね、もう起(お)きてるから」

「針、一本、イッポンイチのきび団子」

「ご飯、燃えてるね、ボウ、と煙立ってるね」

「お母ちゃん、あっこで、米のごはんたくの。おぶうちゃん、こっちで、砂のごはんたくの」

「おまんま、パッと、白煙(ちろけむり)」

「飯(まま)こぼしてるね、ぶうちゃんお行儀(ぎやうぎ)わるいから、たくさんないよ、一人(ちとり)、こぼれてる」

「ぶうちゃん、赤いべべ着たよ、お猿さんだ」

「だるまさんは、赤いマント、花の模様ついてる、ダルマさんも、いいおべべ好きだもの」

「「コドモノクニ」って書いた字、みんなで遊んでる」

「お時計、ねんねちたから、お母ちゃんねじかけた」

「この綿、かひに行ったとき、大騒動(おほそうどう)だったね、とうとう、パン買うたね」（十日

ばかりまへ、お使ひにいって駄々をこねた）

「むかしむかしのおぢいさんやーい、むかしむかしのおばあさんやーい、呼んでも出てこんの」

「おや、字があかくなった、またちろくなった、おや、消えた、をかしいね」（広告塔）

「キューピーちゃんに、おじゅばん貸した、あんまり大きかった、着られんだった、キューピーちゃんに、マント着せた、あんまり小さうて、着られんだった、キューピーちゃん、はだかんぼ」

「お母ちゃんと、お葬式いったね、お花たくさんあったね、お寺で、お母ちゃんと、おとなーしく、遊んでたね、雨、ぶってたね」

「お母ちゃん、ハーイて言うてごらん、お人形ちゃーん、ハーイて言うてごらん」

自分で房枝をお風呂に入れられないテルは、そうとは告げずに高橋歌子の家を訪れては、彼女に共同風呂に入れてもらっていた。そんなふうに母親が心を許しているから、歌子には房枝もよく懐いていた。

あるとき、あまりにものどかな日和に、思わずふたりが同時にあくびしたことがあって、それを見た房枝がおこった。

「お母ちゃん、あくびしたらいけんの、姉さまも、あくびしたらいけんの、ぶうちゃんだけ、あくびするの」

またある時はいきなりカルタの真似を始めて、歌子を面食らわせた。

「さあ、読みますよ、ええと、あのね「ホネヲリドンノクパビレモウケ」。はよお取りなさい、ありましたか。次は「京ノウメ大阪ノウメ」。はいっ、て取るのね、おぶうちゃん、中々上手でしょう」

なにしろその3枚の読み札しか覚えていないから、繰り返すうちに歌子にも本来の読みが分かってきてカルタとりごっこに参加していった。

子供だから、テルが赤面するようなことを言うこともあった。

「お母ちゃん、お仕事、少うしするの、お父ちゃんに叱れるから、少うしして、おぶうちゃんと遊ぶよねえ」

さらに困らせようと「むかしむかしね、あるころに、おぶうちゃんみたいと、お母ちゃんみたいと、いましたとさ。可愛らしいお母ちゃん、アーン、アーンて泣きましたとさ」などと昔噺仕立てで語ったが、母親も高橋の姉さまもニコニコしているばかりなので、拍子抜けしたことなどもあった。

高橋歌子の家ではさすがに遠慮していたが、房枝はおねだりの天才でもあった。

「ぶうちゃん、涙いっぱいこぼしてる、お菓子（くわし）、なくなったから」

「キューピーちゃんね、グリコ、欲（ほ）しい欲しい、てよ」

「お人形、つれてってちょうだいって、お辞儀してるよ、つれてってやるまいねえ、おばあちゃんの所」

「あのね、あのねあのね、お人形ちゃんが、おまんじゅう欲しいって言ってますよ」

「活動見に行きましたね、お蜜柑食べましたね、おもちろかったね、また、晩に行きましょうね」

「このリンゴ、ごま塩かけてる、おいしかろうね」

「仏さま、あっちこっちピカピカ、リンゴ、まだ食べてないね、仏さまは、ぽんぽまだふくれてるって」

「このお羽織、できましたか、ここ、お手々入れるところね、ここ、尻尾が出るの、お綿も入れてるし、いいこと。できたら、お花見に行きましょうね」

テルはいくつかの作品、たとえば「月と泥棒」「トランプの女王」などを除いては、さほど諧謔に富んでいたとも思えないが、娘の房枝はそれとは反対にユーモアのかたまりみたいな面を垣間見せることもあった。

「お父ちゃん、宮本啓喜内、照子。お母ちゃん、照子内、啓喜」などと言ったり、「表、雨降っとらん、人、お傘さして、通っとらん、お舟通ってる」（雨がふってるでせう、人がとほってるでせう、とこっちがいったので、わざとこんな事を）などと逆らってみせたときもあった。そしてこの話には続きがあって、数日後の雨降りの日に「雨、降ってるね、雨、降っとらんて言うた、お舟通ってるて言うた、おぶうちゃん。お母ちゃんと、喧嘩ちたねえ」と思い出しながら房枝が言ったという落ちまでついている。

「お手々洗うたら、お拭きなさい、照子さん」とミチの口調を真似たり、そうかと思うと自分からすっぽりと布団をかぶって「おや、おぶうちゃん、なくなった、大騒動、電燈、ついてますか」などとおどけて見せることもあった。

「これがお母ちゃんよ、これがおぶうちゃんよ、ねえ、間違ったことないよ」とわざと反対を指さして言うかと思えば、西南部町に行っているのにミチの前で「もしもし、私はおばあちゃんです、今なにしていますか、電話かかりますよ、さようなら、チリンチリン」とやったこともあった。

けれどもなんといってもおかしいのは、房枝のあまりにも素っ頓狂な思い違いの数々だった。

「おさむらい、鎧（よろひ）着て、観兵式かぶってる」は武士の兜と観兵式の軍人の帽子を間違えてのことだし、「みんな並んで、お墓拝むところ、桃太郎（もゝたろ）さんもいるね」は、赤穂浪士が本懐を遂げて泉岳寺に詣でている際の、大石主税の髪型を見ての思い違いだった。

ある日、テルが房枝の手にキスしたら本気で怖がって「あんあん、お手々食べたらいやんよ、菜っ葉お食べ、お砂糖入れて、おいしう炊いてあげるから」と逃げ、「お母ちゃんの本、ちょっと見せておくれね、この本、絵が少ないね、字がたくさん、宮本房枝（ふさえ）さまって書いてあるよ」などと得意顔を見せたりもした。

またある時は祭日の日の丸を見て「今日、紀元節、日ノ丸のお旗立ってる、雲がたくさん」とやったものだから、ミチとテルが大笑いすると、房枝まで一緒になって「ウジャウジャウジャ、また尻馬に乗って、おぶうちゃんおかしいね、アハハハ」といつまでも笑い転げていた時もあった。

それでも三歳の房枝の言葉は、無邪気で心和むものばかりではなかった。テルは心にぐさりと突き刺さるような辛辣な言葉まで、忠実に**南京玉**に書き残していった。

八五

オ母チャンノ面白イオ話イヤン、
オバアチャンノ面白イオ話ガ、
マダオモシロイヨ。

八六

オ母チャン、サヤウナラ、
ヒトリデオカヘリ、
ヤマカラオカヘリ、
マチカラオカヘリ。

（この頃、西南部ばかりにゐて、ちっとも
うちへかへらずに記録もとれない）

八七

オ膳カタヅケヨウ、
ミンナコーイ、ミンナコーイ。

八八

ダレカ、ダレカ、ドコノ子カ、
オブウチャンノ子、
ダレカ、ダレカ、
オバアチャンノ子、
オ母チャンハドコノ子カ、

ヨソノ子。

八九

アソンデオカヘリネ、
サヨウナラ、アソバンヤウニ、オカヘリネ。

9章　わかれ童謡（うた）

昭和4年の大晦日、正祐が帰関すると聞いたテルは、普段は敷きっぱなしの布団を上げ、やつれた顔に化粧をして彼を迎えた。なにも知らない房枝は「お母ちゃんのお口の赤いこと、赤いこと」とはしゃぎ、正祐がくれた東京土産の鳥のおもちゃで遊んでいた。

明けて昭和5年のお正月は、堅助、テル、正祐の3人が上山文英堂に集い、ミチのおせち料理を食べて歓談している。

2月になると、テルは房枝だけをつれて下関市観音崎町300目94の2に移ったが、これは正式な離婚を前提にした覚悟の引っ越しだった。

事情はよく分からないながらも、何とはなしに普通ではないと感じた房枝が言った。

「この鏡、誰が持ってきた、お時計と、風呂敷包んで、誰が持ってきた、お母ちゃんが持って來た。おぶうちゃん、お家ないね、あっちの街の、お家ないね、お家こさはんといけませんね」

それでも父親の目がないのをよいことに、今までにない甘え方をすることもあった。

「あら、誰やら、何やらいろひよる、誰か、誰か、どこの子か、おぶうちゃんの子、おぶうちゃんの子いけんね」（お乳をいぢる時）

「おぶうちゃんのほっぺた、あかいね、こっちのほっぺた、リンゴ赤い、こっちのほっぺた、おみかん赤い。」

房枝の言葉を書きとめてきた南京玉は、この347個目のおしゃべりを最後に終わっている。

（二月九日、止む。

このごろ房枝、われと遊ばず、われもまたものうき事多くして、一語をも録せざりし日多し）

それほどまでに物憂く、然も引っ越しの片付けもすんでいないせわしさの中で、テルは変わることなく尊敬を寄せている西條八十に最後の寄稿をしている。八十に託したのは「象」と「四つ辻」のふたつで、いずれも「空のかあさま」に入っている初期の作品だった。

前年の5月に愛誦に載った「夕顔」を最後に投稿を控えていたテルが、どうしてこのふたつを寄稿したかというと、房枝が何気なしにこぼした言葉に触発されたからだった。

「ぶうちゃんも象が欲しいね、お母ちゃんと、ぶうちゃんと、象に乗って行くね、明日」

これは、おさなき日のテルの心象風景とみごとに重なり合うものだった。今更のように血のつながりを感じたテルは、房枝を愛していた証（あかし）を、はっきりとした形で残したいと念じた。それこそがまさに、テルが愛娘（まなむすめ）にしてあげられる最期のメッセージだった。

象

おほきな象にのりたいな、
印度のくにへゆきたいな。
それがあんまり遠いなら、
せめてちひさくなりたいな。
おもちやの象に乗りたいな。

菜の花ばたけ、麥ばたけ、
どんなに深い森だらう。

そこで狩り出すけだものは、
象より大きなむぐらもち。

暮れりや雲雀（ひばり）に宿借りて、
七日七夜を森のなか。

えものの山を曳きながら、
深い森から出たときに、

げんげ並木の中みちは、
そこから仰ぐ大空は、
どんなにどんなにきれいだろ。

蝋人形・昭和5年5月号

そしてもうひとつの「四つ辻」は、おそらく今まで投稿していなかったのが気がかりな大好きな作品だったのかも知れない。

正祐に渡された3冊の手帳には、活字化された作品の上には丸印が付されていて、中には初出誌が判明していない童謡が数点あるものの、最後のふたつは無印のままだった。

だから多分、最後の寄稿になるだろうとの予感があったからこそ、テルが一番に気に入っている作品として選ばれたのではないだろうか。このふたつの童謡は、三ヶ月後の**蝋人形・5月号**の誌上に載った。

四つ辻

誰か

知らないお客さま、

おうちのみちをきかないか。

すねてお家をぬけたゆゑ、
秋の夕ぐれ、四つ辻に。

はらりはらりと散る柳、
ちろりちろりとつく灯（ともし）。

たれか
知らない旅のひと、
お家のみちをきかないか。

蝋人形・昭和5年5月号

新しい家に落ち着く暇もない2月27日、宮本が離婚に同意した。これでは4度目の転居が無駄になったようでもあるが、テルが後戻りできない覚悟を示したからこそ、宮本も別れることに応じたのだろう。

ただし条件としては、宮本が望む時に、いつでも房枝を引き取ることができるとなっていて、それが大きな不安材料だったが、親権が父親にしか認められない時代にあってはやむを得ないことだった。

いずれにせよ、この話に決着がつくと、テルは上山文英堂の二階に越している。房枝はそれまでもミチのところで寝泊りすることが多かったから、ほとんど状況は変わらないとはいうものの、やはり母親といつでも一緒にいられることをよろこんだ。

もう松蔵ばかりか、店の者までがテルの病気を知っているから、彼女はここでは何もすることがなく、もっぱら静養と房枝のお相手で過ごしたことだろう。

季節は巡って、下関にも春が訪れていたが、テルの心が晴れないのは宮本からのハガキが原因だった。それまでも何度も「房枝を引き渡せ」と言ってきてはいたが、それだけのことで終わっていた。ところが昨日届いた文面では「3月10日に房枝を引き取りに行く」とあって、明らかにそれまでとは違った局面を迎えようとしていた。

確かに離婚時の条件とはなっていたが、まさかこれほど早く連れ戻しに来るとは思っていなかったテルは、大きなショックを受けた。宮本に育てられた房枝が、心豊かで優しい女の子に成長するとは思えなかった。

けれども法的には、親権が向こうにあることは確かだった。テルは迷いながらも、ほぼ習慣のようになっている高橋歌子の家に足を向けていた。

その日の訪問はいつもより早かったから、歌子は驚いたが、それでも普段と変わらない会話を交わしただけだった。共同風呂が開くには早かったので、来た時と同じように、テルは房枝の手を引いてゆっくりと家に帰っていった。

実際のところ、テルはもうゆっくりとしか歩けなかった。体中に回ってしまった淋毒のせいで、関節も筋肉も悲鳴をあげていた。特にゆるやかでも上り坂はきつくて、元気な房枝に手を引っ張ってもらうようなありさまだった。

いくらわが子を守る気概はあっても、体がいうことをきかないのでは頑張りようがなかった。体力の限界が近く、童謡を創作するよろこびも、房枝の言葉を書きとめるうれしさも終わってしまった今、彼女の心は折れた。テルはある決意を固めると、ようやくたどり着いた家で遅い昼食をとった。

午後になってからテルが取りだしたのは、いつもは箪笥の奥に大事にしまってある羽織だった。子供のころに兄と一緒に渡し船に乗って行った青海島の、大日比に住む伯母から結婚のお祝いにもらった一張羅を羽織ると、テルは房枝をミチに預けて外に出た。

くっきりと対岸の門司が見通せる海峡は、キラキラと陽光を反射して輝き、湿った海風までもが頬に心地よかった。そんなのどかでモダンな下関の街中を、精いっぱいのおしゃれをしたテルが、カラコロと下駄の音を響かせて向かったのが三好写真館だった。

テルがここ下関で、ちゃんとした写真を撮るのは3回目だった。

最初はテルが商品館で働き始めた大正12年5月3日、松蔵に言われて黒川写真館で撮ってもらっている。

濃紺地に5列の水玉が縞模様となって入った着物に粋な半襟、なだらかに流した豊かな黒髪を斜めうしろでゆったりと束ね、きりっとした視線を正面から少しだけ左に向けた、りりしい顔つきで写っている。

この1週間後、東京に書店経営の見習いに行かされる正祐に請われる形で、同じ黒川写真館でふたりがカメラの前に立っているが、この時の写真は残されていない。

そして3度目が、あれから7年が経過したこの日、昭和5年3月9日のことだった。上山家のひいきは黒川写真館なのに、この日に限ってテルが亀山神社下の三好写真館を選んだのは、それだけ思い入れが深かったのかもしれない。

商品館時代、テルが毎月決まって本を届ける配達先の中に三好写真館が含まれていたが、月半ばに「主婦の友」と「少女画報」の2冊を届ける際に、写真館の弟子のひとりと仲睦まじく話し合うことがあったという。

仙崎出身で読書家の彼と話す時間は、せいぜい10分ほどだったが、おそらく店でも家でも心休まる暇（いとま）もないテルにとっては、至福の時だったのではないだろうか。

同郷でひとつだけ年上の彼と、わずかな会話を交わすだけだからロマンスともいえないかもしれないが、黄色地に縦縞模様の木綿の着物に、紫色の前掛けをして、赤い鼻緒の下駄でもじもじとしているテルの様子が目に浮かぶようだ。

もう戻れるはずもない下関に来た当初の、甘酸っぱい思い出がこの写真館にはあった。月に一度だけ、10分だけ話すことのできた同郷の男性との逢瀬は、恋心を感じるほどの深まりを見せなかったかもしれないが、それでもテルには忘れられない記憶だったからこそ、最後の写真を写す場所に選んだに違いない。

この日のテルの装いは、小さな十文字が配された着物に、大小の草花模様が散った濃茶の銘仙の羽織姿だった。

七年前から比べると減ってしまったようにも見える髪を真ん中分けにして、両耳のあたりで余り毛を跳ねるように両サイドに流している。そしていくらか左に傾げた顔を正面に向け、まるでレンズの奥にいる誰かに語りかけでもするかのように、まっすぐな視線をこちらに投げて写っている。

　ちなみに最初と最後の写真に写っている着物は、ちいさな長方形の端切れとなって今に残ってもいる。

　写真館を出たテルは、途中の店で桜餅を買って帰った。そしていつも通りにみんなで夕飯を食べたが、いつもと違っていたのは、この夜に限って房枝を風呂に入れたことだった。

　昼間だったら高橋の姉さま、夜だったら母のミチに頼んでいた娘の入浴を、この日だけはテルが引き受けたのだから、房枝はよろこんで入った。

　もちろん一緒に湯船につかることはできないから、テルは着物のままで洗い場から房枝を支えていたが、そんな母親に向けて無邪気な言葉が投げかけられた。

「お母ちゃん、一緒（いっちょ）のお風呂、うれちいね。また、明日も入ろうねえ」

　それはテルにとって、することのできない約束だった。弟の正祐は仕方なく長いこと騙（だま）す形になってしまったが、娘の房枝にだけは嘘をつきたくなかった。

テルは返事をする代わりに、房枝も知っている童謡を歌った。

「夕焼け小焼けの　赤トンボ」

母親の声につられて、房枝も回らぬ舌で歌った。

「おわれてみたのは……」

途中で胸をいっぱいにしたテルが歌詞に詰まると、房枝が助け舟を出してくれた。

「いつの日かー、」

今度は房枝が、自分の好きな童謡を歌った。

「かーらーすー　なぜなくのー」

愛らしい房枝の「七つの子」を聞いた途端、テルは悩み続けていたふたりで一緒に死ぬとの選択を捨てて、自分ひとりで命を絶つことに決めた。自分が死ねば、これから先は房枝に嘘をつかなくてもすむと考えると気持ちが軽くなった。

あとに残す房枝のことを思うと不憫だったが、やはり道連れにするわけにはいかなかった、と言うのも、それは自分自身が通ってきた道だったから。

事情は違うにせよ、おさない内に父親を亡くし、時をあけずに弟を連れていかれてしまったテルの別離はそれだけでは終わらずに、十六歳で母親にも去られるという悲哀を味わうことになったが、それでも生きているよろこびの方がずっと大きかった。

苦しみは時が経てば薄らいでいくが、子供の未来にはどれほど多くの楽しみやよろこびが待ち構えているか計り知れなかった。もちろん秤にかけるように、単純にどちらがいいか比べられる事柄ではなかったけれど、もはやテルには愛娘(まなむすめ)も一緒に死なせるとの選択肢はなかった。

テルの歌声が急に明るくなったのは、ひとりであの世へ行くと決めたせいだった。それまで悩んでいた、いくら世間の風潮がそうだからと、ひとつの別人格でもある房枝を無理心中で道連れにしてもよいのかとの問いかけに答えを見つけた途端、テルは生まれ変わった気がした。

生まれ変わったのだから、もう現世に未練はなかった。あとに残される者たち、まだ発表されていない多くの童謡詩たちへの心の引っかかりはあるものの、生への執着心はまったくなくなっていた。

お風呂場で流行(はや)りの童謡を歌うふたりの声を聞いて、座敷のミチと松蔵も笑みをこぼしていた。

風呂から出ると、テルがおみやげに買ってきた桜餅が出されて、4人が仲良くいただいている。松蔵が奥に行くと、房枝も眠たがったので、ミチが一緒に次の間で横になった。

房枝はすぐに、安らかな寝息を立てて寝入ってしまった。おかっぱ頭のきれいな髪が、ミチの手で優しく優しく撫でられていた。

自分の寝所である二階に行こうとして、テルがふと足を止めてふたりの枕元に座った。

「可愛い顔をして、寝ちょるね」

そして母の手と代わって、房枝の髪を愛おしげに撫でたテルは、静かな声で言った。

「小さい頃に、お母ちゃんにこうされたことを童謡に作ったんよ」

「ああ、覚えちょる。でも、そんなことまで書いちょったとは、知らんかった」

「私の髪の光るのは、いつも母さま撫でるからって」

「私の覚えちょるのは、ふみがらのおとむらい、ほんにさびしいおとむらいって・・・。

テルちゃん、あの時はごめんね」

ミチの言葉の中には、これまでのすべてが込められていた。今まで胸につかえていたことを静かに伝えたミチは、いく粒かの涙をこぼし、過去のわだかまりを消し去ったテルもまた、たもとでそっと目尻を押さえた。

心の中で母との別れを果たしたテルは、ゆっくりと立って「おやすみなさい」を告げると、二階への階段の途中で止まり、もう一度房枝の寝顔を目に焼き付けるように眺めて部屋に消えた。

小さな文机の前に座ったテルは、ミチと松蔵に宛てて最後の手紙を書いた。恨みがましくない程度に結婚が失敗だったと書き、ふうちゃんのことを宜しくお願いしますと綴り、今夜の月のように私の心も静かですと書いてしまうと、もうテルがこの世でやり残したことはなかった。

正祐宛てには定期便のようにして数日前に書いた手紙が投函せずに残っており、夫宛には「3月10日に房枝を引き取りに行く」とのハガキが届いた夜に書いてあったから、都合3通の手紙が枕元に重ねられた。

これまでに正祐からきた手紙は全部取ってあり、それらはリボンに結ばれて分かるように置かれていた。正祐がかつて一度だけ書いてよこした「将来的には上山雅輔全集ができるかも知れない」との音信に、その時の用意にと残しておいた束だった。

その上に写真の預かり証を乗せると、テルはかねてから少しずつもらっては溜めておいたカルモチンを一気に飲んだ。

……テルの背中に天使の翼が生えていて、軽く小さくなった体が、すっぽりと金色のまばゆさに包み込まれている。

遠くの方に、何人かが立って手招きしている。

自分の名を、呼ぶ声が聞こえる。

やけにまぶしいと思ったら、そこは仙崎の家の仏壇の中で、その先に「よい子のお国」があるみたいだった。

テルは今こそ、自分がよい子になれたのを自覚して嬉しかった。「よい子のお国」に行けるかどうかが唯一の心残りだったし、そこに行くことが最終的な目標でもあったから、テルは身も心も晴れ晴れと軽やかないい子になって、まばゆい黄金色の中を突き抜けていった。

大日比のミヨ伯母がいる。

優しかった祖母のウメがいる。

正祐の母をつとめた、フジ叔母もいる。

そして、大親友の豊々代もいる。

その時、自分の名を呼ぶ野太い声が聞こえた。がっしりとした大きな体で立っている人の顔は見えないけれど、その声には確かに聞き覚えがあった。テルは夢想の中でしか逢えなかった父庄之助の胸に、翼の生えた体ごと飛び込んでいった。

「おお、テルや、テルや……」

父親の大きな両手で掴まれたテルの体は、「高い高い」をされてどこまでも天に昇っていった。

「テルーっ、テルちゃーん、ダメだよおーっ、照子ーっ」

どこからか別な声がして、テルは目を覚ました。もう目は見えなかったが、そこにミチがいることだけは気配で分かった。

ついさっきまでのまばゆい金色は消え失せて、目の前には漆黒の闇が広がるばかりだったが、不思議なことに音だけはよく聞こえた。何人もが騒ぎ回っている中で、二階に上がる階段の下で制止されているらしい房枝の声が心に直接響いてくる。

「お母ちゃんに、行ってらっちゃい、言うのよ」

事情の分かっていない房枝は、誰かに言われたように、母親がどこかに出かけると思っているみたいだった。

房枝の純粋で健気な気持ちが、たまらなく切なかった。こんないい子を残して、ひとりだけで逝(い)ってしまうのも申し訳なかったが、それも抗(あらが)いきれない運命というしかなかった。

自分なりに戦ってはみたものの、最後になってテルが心を折られたのは、やはり体の隅々まで冒した病魔の力に負けたからだった。気持ちだけならばまだしも奮い立たせることもできたが、体に力が入らず、動きもままならないのではどうしようもなかった。

それでもやはり死の淵に立って、愛おしい房枝の声を耳にすれば、哀惜の情が溢れてくるのを止めることもできなかった。

もう開かないテルの目から、ひと粒の涙がこぼれた。せめて最期に、房枝と母の名を呼びたかったが、その唇は力なくすぼむばかりだった。

目尻からこぼれ落ちた涙も、唇がわずかにうごめいたのも見逃さなかったミチの耳がテルの顔に近寄っていった。

母親の懐かしい体温を感じたテルは、今の切実な気持ちをつぶやいた。

「……本当は、死にたくなかった……」

ようやくそれだけささやくように言い残すと、テルはふたたび子供時代の思い出の中に迷い込んでいった。


……青海島に渡る小さな渡し舟の上で、頼りになる堅助がしっかりと手を握ってくれている。朝早く島に着いたその日に限っては、大日比の伯母の家にはまっすぐに向かわず、テルの手を引いた堅助が大泊の港を過ぎてもずんずん歩いて行った。

大泊までは小学校でも泳ぎに来たことはあったが、その先にまで行くのは初めてだった。多少の不安を覚えながらも、堅助にまかせておけば大丈夫と思うテルは、波の橋立を歩いて渡ったが、ふたりの冒険はそれだけでは終わらなかった。

突き当たりの小山は、竹やぶと雑木でうっそうとしていたが、そんな薄暗がりを細い小径が奥へと続いている。小さな女の子だったら、誰でもが尻込みするような小暗い山道だが、テルは勇気をふるって堅助のあとからついていった。

倒れた竹を踏み越え、ともすれば見えなくなりそうな踏み固められただけの細い径をよじ登り、這いつくばる風にして笹薮を突き抜けると、いきなり花津浦（はなづら）の裏側に出ていた。

遠くから眺めると象みたいな形にも見える可愛らしい岩だが、真後ろから見上げるそれは怖いほどの巨岩で、くり抜かれた大岩の下を白波が音を立てて洗っていた。

そんな場所にまで来ることは禁じられていなかったが、子供たちがひと山を越えて花津浦の裏まで行くとは親が思ってもいなかっただけであって、それがばれたら大目玉を食らうに決まっていた。だからそれは、堅助とテルだけの絶対の秘密だったが、なぜか永いこと忘れ去っていた出来事を昨日のことのように思い出したテルは、今度こそ本当に「よい子の国」へと昇天していった。

時に昭和5年3月10日、午後1時。金子みすゞこと金子テル二十六歳の、あまりにも早すぎる死だった。

10章　追憶のみすゞ

いつ始まったかも忘れてしまいそうな中国との戦争がだらだらと続き、連合軍のアメリカにも宣戦布告して2年になる戦時下の下関で、房枝が女学校を卒業したのが昭和18年の春だった。

すぐに徴用に狩り出された彼女は、しばらくして下関市の交通公社に入社、今日は初めて貰った給料袋をそっくり祖母のミチに渡していた。

ミチはそれをありがたく押し頂くと、テルの位牌の前に供えた。そしてさもそこにテルがいるかのように、静かに語り始めた。

（…テルや、ふうちゃんが、交通公社さんにお勤めして、今日はお給金をいただいてきましたよ。ホラ、こんなにたくさん）

ミチは仏前の給与袋を、テルが見えるように高く持ち上げて元に戻した。

（…今まで、ふうちゃんの母親代わりをつとめてきたけど、もうこれで充分でしょ。ふうちゃんも一人前になったことだし、だから今日は、今まで黙っていたことも一緒に全部報告しますからね。あの日は、私も気が動転して…）

ミチの思いは、一気に13年前の3月10日に飛んでいた。朝になってもテルが下りて来ないのをいぶかしく思ったミチは、二階に上がってすぐに異状に気づいたが、その第一声は「正ちゃん、お医者様を、熊本先生を連れてきてーっ」というものだった。

　フジの下の妹の子だから、ミチの甥に当たる花井正は、「テルちゃんが、やったあーっ！」との絶叫も聞いて、婦人科の熊本先生ではなく、胃洗浄のできる医者に診てもらわなくては駄目だとは思ったが、奉公人の立場としては自分の判断で勝手なことはできなかった。かかり付けの熊本医師が駆けつけてくれたが、処置はできなかった。

（…あのあとで、すぐに胃の中を洗っていたら助かったかも知れないと言う人もいたけど、どっちがよかったのかねえ）

　自分らの前では懸命に大丈夫なふりを演じるものの、それでもかなり病気が進行して体をむしばんでいるのを知って、ミチは自らのことのように心を痛めていたから、もしもあの時に処置をして一命を取り止めたとしても、それがテルの望むところだったろうかとずっと悩み続けてきた。それは答えの出るはずのないことだったが、房枝の成長を見届けたことで免罪符のようなものが貰えた気がした。

（…ありがとう、あれで、よかったんだね…）

　ミチは房枝の後見役から解放されると同時に、テルに対しての原罪めいた思いからも解き放たれて嬉しかった。

（…あれから色々あったけど、正祐さんが大変だったんよ）

東京で電報を受け取った正祐は、翌々日になって暴風雨下の下関に帰っている。テルと無言の対面をした正祐は、その時になって初めて彼女が淋病を羅患していたことを知らされた。

それを聞いて正祐は、最近の手紙で窮状を訴えてくることの多かったテルにたいして、あまりにも素っ気ない返事ばかりを返したと悔やんだ。そして店の者までが知っている事実を、いつでも自分だけが知らされずに蚊帳の外だと言って泣いた。

実は正祐は、東京でも予想だにしなかった事実を明かされて大きな衝撃を受けていた。電報を受け取ってしばらくすると、同じように連絡を受けた宮本が訪ねてきたが、その時になって「3月10日に房枝を引き取りに行く」とのハガキを彼が出していたことを知った。

そのことをなじり、テルに対して冷酷過ぎると宮本を非難した時、思いがけない方面からの反撃を食らった。

私がテルさんとの結婚を望んだのではなく、大将から条件付きでもらってくれと頼まれたのも、元はと言えば坊ちゃんがテルさんとあんまり仲良くするものだから、間違いを起こさない内にと大将が私に押しつけたのであって、そこまで非難されるいわれはないと宮本に決めつけられると、正祐はまったく言い返すことができなかった。

自分とテルちゃんの間を邪推するなんて、と松蔵が恨めしかったが、それよりもその一件がずっと内緒にされていたことも口惜しかった。そのことがあり、病気だったことを隠されていたこともあって、正祐は何重にも打ちひしがれていた。

次の日になって宮本が、人を通じて、テルに逢わせてくれと言ってきたが、松蔵もミチも堅助も反対する中で、ひとり正祐だけが許そうと言っている。

（……そうしたらテルちゃん、ふうちゃんが、宮本さんの顔を見るなり「お父ちゃーん」て抱きついていったんよ）

母親が見えない理由をはぐらかされていた房枝は、父親に抱かれてテルと対面している。

「お母ちゃん、こんなとこでねんねしてた、いけませんよ、夜になってから、ねんねするのよ」

宮本に無理に引き離されると、房枝はまだ母の死が理解できずに、あどけない表情で言った。

「お母ちゃん、どっか行くなら、ぶうちゃんもつれてって」

（…みんな泣いてたよ、ふうちゃんだけ飲み込めずに、連れてってなんて言うもんだから…）

宮本は房枝を抱いたまま、一緒に連れて帰ると宣言し、「もしこちらで引き取りたいのなら、それなりの」と言いかけたところで、正祐が激怒した。

「わかった、ふうちゃんは連れて行け。その代わり、今後一切のかかわりを切る」

そして正祐は、テルに涙の報告をしている。

「テルちゃんの思いを無にする形になって、ごめん。でも取り合いをするには、あまりにもふうちゃんが可哀想で…」

その思いは、残されたみんなに共通したものだった。なにも知らない純真な房枝を、あまりにも露骨に取引の対象にするのは情としても耐えられなかった。

下関で火葬にされたテルの遺骨は、ミチの胸に抱かれて仙崎に帰っている。金子家菩提寺の遍照寺には、祖母ウメ、叔母フジを埋葬した新しい墓があるが、テルの遺骨はそこではなく、ふたつ隣の小ぶりなお墓に納められた。

　先祖累代納骨墓とある墓石には、石見屋又右衛門と刻まれているが、側面には明治三十九年二月十日・俗名金子庄之助とも記されているから、テルはおさなくして亡くした父親と同じ場所で眠ることになった。

（…お父ちゃん、テルがそっちに行きましたよ。色々あって、テルちゃんなりにがんばったんよ。最期にはふうちゃんを守るために、自分の命まで捧げたんだから、どうか怒らんでやって、どうか、ようがんばったと褒めてあげて、小ちゃい時みたいに頭を撫でてやって下さいね）

　そんなふうに語りかけながら、ミチは仙崎の早春の風に吹かれて、いつまでも墓前に手を合わせていた。

（…そのあと、新しい場所にお店ごと引っ越して、堅助も正ちゃんも一生懸命に働いてくれたんだけど、正祐が荒れて荒れて…）

　以前にも増して荒っぽい飲み方をするようになった正祐は、とりあえず一度、東京に帰っていった。

　その後、しばらくしてから、宮本が房枝を預けにきている。男手ひとつでは育てきれないと思ったか、それとも別な理由からか、それ以後はミチが母親代わりを務め、正式に上山姓を取り戻すまでには更に数年がかかっている。

松蔵は病の床についていたが、正祐が結婚相手を連れて帰ってきたのを、涙を流して迎えている。自分一代で大きくした上山文英堂を継ぐために息子が帰り、立派な新店舗を構え、結婚式まで見届けた上に、内孫の七重の顔まで見られた松蔵は、もうこれで思い残すことは何もないと満足して息を引き取った。

（そのお相手が、ちょっと垢抜けた人で、本屋さんなんてできるか心配だったけど、仕事ができてひと安心はよかったんだけど。松蔵さんがいなくなったら、少しは身を入れて商売するかと思ったのに、正祐の遊び方が前にも増してひどくなって、まあ身分不相応に芸妓さんの身受けまでして……）

結局のところ地元の下関ばかりか、あちらこちらでトラブルを起こすようになった正祐は、店の者から総スカンを食らう形で東京に戻ることになった。

（奥さんはこっちで本屋を続けたいみたいだったけど、私が言い聞かすようにして一緒に帰ってもらったんよ。でもふうちゃんを上山姓に戻す時には、正祐と一緒に骨折ってもらって、ありがたかったね。ちょうどその頃だったろうか、西條先生がテルちゃんのこと、本に書いてくれよったんは……）

昭和10年の**少女倶楽部**8月号9月号の2回にわたって、八十が金子みすゞの思い出をエッセイ風に綴っている。

私の好きな詩から

西條八十

『金子みすゞの詩』

袂(たもと)のゆかたはうれしいな、
よそゆきみたいな氣がするよ。

ゆふがほの
花の明るい背戸へ出て、
そつと踊りのまねをする。

とんとたたいて、手をいれて、
誰(たれ)か、みたかと、ちよいとみる。

藍(あゐ)のにほひのあたらしい、
ゆかたのたもとはうれしいな。

わたしは毎年夏の夕ぐれになるとこの童謡を想ひ出します。作者の『金子みすゞ』といふ女の詩人、みなさんは誰も御存じないでせう。：『金子みすゞ』は生きているものばかりでなく草にも木にもいつも温かい愛情を持っていました。：『金子みすゞ』にはまだまだよい詩があります。

女王さま

私が女王さまならば、
國ぢゆうのお菓子屋(くわしや)呼びあつめ、

お菓子の塔をつくらせて、
そのてつぺんに椅子据ゑて
あまい鉛筆なめながら、
いろんなお布令を書きませう。

いちばんさきに書くことは、
「私の國に住むものは、
子供ひとりにお留守番
させとく事はできません。」

　そしたらいまの私のやうに、
　さみしい子供はゐないでせう。

それから、つぎに書くことは、
「私の國に住むものは、

私の毬より大きな毬を
誰も持つことできません。」
　そしたら私も大きい毬が、
　欲しくなくなることでせう。

　ある全集の中へ、私が『金子みすゞ』の童謡を二、三篇入れて、そのお禮のお金を郵便為替で送ってあげると、彼女はまもなく、それをそのまま送り返してきました。そして付けられた手紙には
「なにか西條先生のお好きそうなお菓子を買つて送りたいと思いましたけれど、下関にはよいものがありませんから、先生済みませんが、御自分でお好きなものを買つて下さい」とありました。‥彼女が「繭とお墓」といふ謡の中でうたっているやうに、生きては貧しく不幸だった『金子みすゞ』は、ほんたうに心の崇高く清い、いい子でしたから、今ごろは美しい翅の生えた天使になって、どこからか、この原稿を書いている私を見て、にこにこ笑っていることだらうと思います。（終）

少女倶楽部２・３月号

これは八十が連載で書いていた「私の好きな詩から」というコーナーだが、他の詩人は1回きりなのに、金子みすゞについては2回にわたっての丁寧で好意的な解説となっている。

西條八十はもっと早い、昭和6年発行の、**蝋人形**9月号の「下関の一夜」でも、テルと逢ったときのことに言及している。

おなじ**蝋人形**の昭和12年3月号4月号で、テルとはよきライバル関係にあった島田忠夫も金子みすゞの代表的な12作品をあげながら書いている。

薄倖の童謡詩人　金子みすゞ氏の作品　　島田忠夫

大正十年頃から同十五年頃へかけて、西條先生の親しく童謡欄を担当せられてゐた少年少女雑誌『童話』に、最も生彩な童謡作品を寄せて、西條先生の言を茲に借りれば「いつもながらその取材に於て警抜であり、この點は實に童謡界に比儔するもの無しと言つてい丶。」とまで讃へられたのは女流童謡詩人金子みすゞ氏である。

しかもその生涯の何ぞ薄倖なる、心に副はぬ結婚を強ひられて齢若くして兒の母となり、不遇なる生活の裡にも相變らず想像力饒かなる詩境に花苑の女王の如く遊歩してゐたが、遂にはうら若き生命を自ら断つに至つたのであつた。……惟ふに、境遇の恵まれなかつた金子氏にとつては童謡の詩作に據つて、自由にして麗はしき童心世界に遊ぶのが唯一最上の愉悦であつたらうし、また奔放自在なる彼女の美しき想像世界と、清新溌剌とした構想並びにその詩型は、よき指導者西條八十先生を得て始めて生長し、先生に據つてのみ深く認められたのであつたらう。……自由奔放なるその詩境と構想とは、日本の童謡詩人には元より稀有に属する事であつて、西條先生が記して、大正十二、三年頃の所謂新興童謡の全盛期に「童話」に據つて、先生の担当下に光った二個の星として金子みすゞ氏と私を擧げて居られたが、私は到底その敵ではなかつたやうである。……金子みすゞ氏の數多い遺作は、やがて西條先生の監修の下に、編纂さるることもあるであらう。その編纂集こそは大正十年から十四・五年に至る間の金子氏の花々しき活動を知ると、知らずに據らずして、何人も期して待つ所であらう。ただ私の知りたきは、この恵まれざりし女流詩人の墓のいたく荒るることなきか？　その遺されし愛兒の健かに生育しつつあるやと言ふことである。亡き詩友の瞑後のくさぐさを思ひ、私は今更ながら紅涙なきを得ない。

これもまた号をまたいでの続き記事だったが、この中で西條八十が金子みすゞの遺作集を作る計画を持っているとの指摘は注目に値する。ただし八十の手に最終稿が渡ったのが昭和4年の秋だったのは、時期的にいかにも遅すぎた感がある。もしも大正15年の初め、正祐に2冊の手帳が手渡されていたのと同時に、まだ未完ではあっても同じものが八十の元にも送られていたらと考えると、いささか残念な気もする。

（…テルちゃんのことは、そんな風に時々は書かれたけど、世間からは段々と忘れられていったんよ。その代わり、うちは大変だった。結婚式を挙げるのを待ってたみたいに、七重が生まれて、堅助のとこの眞壽美もいて、その内に晋也も生まれて、大騒動。でもふうちゃんが、みんなの面倒をよく見てねえ、…）

赤ちゃんから大きな子までがいて大変だったけど、それなりに楽しく充実していた日々を思い出して、ミチは何度目かの涙をこぼした。

（…結局は本店を駄目にして、私とふうちゃんは駅前で小さな本屋を開いて、景気の悪い時もいい時もあって、それなりにやって来たんよ。その内に堅助とこも別れてしもうて、堅助は晋也も眞壽美も置いてひとりで青島に渡ってしまうし、何をやってたんかねえ）

ミチはいつの間にか丸まっていた背筋を伸ばすと、しみじみと最後の語りかけをしていった。

（……そんなわけで、私もお役御免でぼちぼちそっちに行くからね。お父ちゃんにも会いたいし、おばあちゃんやフジにも、それからテルちゃんにも……）

孫娘房枝の初給料を仏前に供えて涙の報告をした二ヶ月後の10月20日、ミチは静かに息を引き取って、みんなの待つお浄土に旅立って行った。

房枝が女学校を卒業し、自立できるのを待ってでもいたかのように、テルの代わりに母親役をつとめていたミチは亡くなった。それでも房枝は下関でひとり生きていこうとしたが、そんな生活設計に異議を唱えたのが東京の正祐夫婦だった。

特に妻女は、「こんなご時世に、女の子のひとり暮らしなどはとんでもない」と強硬で、東京の交通公社に転勤させて房枝を手元に置くことになった。

太平洋戦争の敗戦を挟んで、3年間を正祐の元で暮らし、父親ともしばらく生活を共にした時期もあった。

ちょうどそんな頃、昭和24年4月発行の**蝋人形**に、やや唐突な感をさせて金子みすゞの「犬とめじろ」が載った。本文に囲まれた小さな枠の中に、愛らしく収められた短い童謡は、テルの残したオリジナルにいくらか手の加えられたものだった。

犬とめじろ

巨(おほ)きな犬の吠えるのは、
私ほんとに大きらひ。

小さいめじろの啼く聲は、
私ほんとに好きなのよ。

私が泣いてる泣き聲は、
一體どちらに似てるでしょ。

蝋人形・昭和24年4月号

そして翌月には、「人形の木」が掲載されたが、これは正祐所有の手帳では、「けづつてしまふもの」として×印が付された作品の内のひとつだった。そして桃が栗に変わっている外、文章のニュアンスも微妙に違った童謡詩となっている。

人形の木

いつだか埋めた栗からは、
小さな栗の木生えました。
たつたひとつの人形だけど、
お庭の隅に埋めませう。
さびしくつてもがまんして、
小さな二葉を待ちませう。

小さいその芽を育てたら、
三年さきで花が咲き、
秋にやかはいい人形が實(な)つて、
町ぢゆうの子供にいくらでも、
木からもいではわけてやる、
そんないい木が生えるなら。

蝋人形・5月号

（参考までに原文を載せる）

人形の木

いつだか埋(う)めた種からは、
ちひさい桃(もゝ)の木生(は)えました。

たつた一つの人形だけど、
お庭のすみに埋(う)めませう。

さみしくつてもがまんして、
ちひさい二葉(ふたば)を待ちませう。

ちひさいその芽(め)をそだてたら、
三年さきで花が咲き、
秋にやかはいい人形が生(な)つて、
町ぢゆうの子供にひとつづつ、
木からもいではわけてやる、
人形の木が生(は)えるから。

昭和28年には、**少女クラブ**6月号に「木」が載ったが、サクランボらしき木の枝に羽の生えた妖精が腰かけ、熟した実の中から小さな子が生まれている挿絵つきの童謡詩は、元の作品に二連目が書き加えられたものだった。

木(き)

お花(はな)がさいて
ちっていき
それに実(み)がなり
実(み)がうれて

その実(み)がおちて
葉(は)がおちて
それから　めが出(で)て
花(はな)がさく

そうしてなんべん
まわったら
この木のご用は
すむかしら

少女クラブ昭和28年6月号

この少女詩とうたわれた「木」が載った見開きページには「先生」と題された詩が掲載されているが、これは正祐所有の3冊には書いてないもので、みすゞが作ったかどうか疑わしい点はあるものの、この時期の**少女クラブ**編集にたずさわっていたのが西條八十の娘の嫩子であり、父からテルの手紙に添えられた新作の詩を見せられた可能性も考えると、頭から金子みすゞ作ではないと決めつけるのも難しいので、参考までに載せる。ちなみに第六連を第四連にはめ込む人もいるが、金子みすゞ作品の特徴として最後に大きな転回がくる場合が多いので、この方が正しいと思う。

先生

去年わかれた先生に
峠の茶屋であいました

おひげがのびて　先生は
なんだかこわくなりました

なにかいえそで　いえなくて
だまって　おじぎしてました

　先生さよなら
　さようなら
私は馬車にのりました

私の馬車の来たみちを
先生はあるいて行きました
峠の茶屋のにわとりは
すまして　なかをぬけました

少女クラブ・6月号

昭和45年9月には、季節の窓詩舎から、**金子みすゞ童謡集・繭と墓**がほぼ自家版の形で出版される。これを出したのは壇上春清だが、大正14年4月の**童話**誌にテルの「独樂の實」が推薦で載り、同誌の佳作には「胡麻の實」があって、その作者の壇上春之助と同一人物と思われる。

これはかつて**童話**誌上で活字化された作品の内から、壇上が個人的に選び出したみすゞの童謡詩集であって、「お魚」「おとむらひの日」「大漁」「ピンポン」「露」「もういいの」「夜」「ふうせん」「繭と墓」など、割と初期に発表された30作が載っている。

その他には、散発的に代表的なものが取り上げられることはあったが、死後も含めておよそ百余の発表作品以外、テルの遺した童謡はまったく世に出ることなく埋もれてしまっていた。

昭和44年7月、大嶋チウサが亡くなっている。小学校ではテルと同じくらい優秀だったといわれる彼女は、テルとは不仲だったと評されることも多いが、ふるさと仙崎の極楽寺には、ふたりの戒名が並んで書かれた位牌があるそうだ。

昭和45年8月、西條八十が78歳で没する。

昭和51年、宮本啓喜も亡くなる。

昭和59年2月、**金子みすゞ全集**が、「美しい町」「空のかあさま」「さみしい王女」の三分冊の童謡集に「思ひでの記」という解説書とセットになり、活版印刷の豪華本としてＪＵＬＡ出版局から出版される。

同年8月、反響の大きさに呼応する形で、**金子みすゞ全集・新装版**（ＪＵＬＡ出版局）が、「金子みすゞノート」とのセットで発売され、それを踏襲する形で現在に至る。

上山雅輔（正祐）が大事に保管していた3冊の手帳が発見され、新聞記事になり、出版の運びとなるいきさつは、矢崎節夫氏の著した**童謡詩人　金子みすゞの生涯**

（JULA出版局）に詳しいので参照されたし。

金子みすゞの埋もれていた作品が発見されたと、朝日新聞の記事になった年の8月に、兄の金子堅助が83歳で没している。

それから6年後の昭和64年（平成元年）には、金子みすゞの正しい情報を世に伝えたいと日記の書き写しをしていた上山正祐が、84歳で亡くなっている。奇しくもその日は、心の恋人であり姉であり同志でもあったテルの誕生日と同じ4月11日だった。

そして房枝さんが形見として持ち歩いていた南京玉も、いよいよ出版されることとなる。

1928年懐中日記とデザインされたポケット手帳の冒頭には、少しだけ右下がりの癖があるやわらかな字で、南京玉を作る意味が述べられている。

なんきんだまは、七色だ。一つ一つが愛らしい、
尊いものではないけれど、それを糸につなぐのは、
私にはたのしい。

この子の言葉もそのやうに、一つ一つが愛らしい。人にはなんでもないけれど、それを書いてゆくことは、私には、何ものにもかへがたい、たのしさだ。南京玉には白もあるし、黒もある。この子の言葉は、意味はなくとも、また「詩」なんぞはなほのこと、えんもゆかりもなくつても、ただ「創作」でさへあれば、殘らず書いてゆく事だ。

平成15年4月に、**金子みすゞ南京玉　娘ふさえ・三歳の言葉の記録**（ＪＵＬＡ出版局）が出版される。

更に2年後の平成17年には、テルの遺稿としては最後まで残っていた手書きの一冊が**童謡・小曲　琅玕集**（ＪＵＬＡ出版局）として上下2冊セットで刊行された。

南京玉のあと書きで、房枝さんが母への想いを語っている。

母との絆『南京玉』

上村ふさえ

お母さん、何と素敵な響きを持った言葉でしょう。お母さんと甘えた記憶のない私は、年を重ねて余計そう思います。死別して七十余年の歳月をすぎて、母と娘として向き合うとは、何と不思議な奇跡でしょう。

お母さんが幼い私の言葉を書きとめ、『南京玉』と名づけた手帳が出版されることになりました。

…お母さんと仲の良かった雅輔叔父さん・お母さんの従弟の花井正さんも、甦りをみて次々と、天に昇ってゆかれました。

…やがて私もお仲間入り、今度会った時には、親がいなくても良く頑張ったねと誉めてくださいますか。

上村ふさえさんは、二〇二二年九月二九日に、心不全でお亡くなりになりました。九十五歳でした。

心からのご冥福をお祈りいたします。

◆参考文献および資料提供（順不同）

・『みすゞと雅輔』松本侑子／２０１７年３月／㈱新潮社
・『金子みすゞ再発見・新しい詩人像を求めて』堀切実・木原豊美／２０１４年６月／勉誠出版㈱
・『詩論金子みすゞ―その視点の謎』高遠信次／１９９９年11月／東京図書出版
・『金子みすゞへの旅』島田陽子／１９９５年／編集工房ノア
・『みすゞ哀歌―北浦のおなご』河崎久子／２００５年10月／作品社
・『月刊ポエム』１９７７年５月号／すばる書房
・『別冊太陽　金子みすゞ生誕一〇〇年記念　日本のこころ１２２』２００３年４月／㈱平凡社
・『童謡詩人　金子みすゞの生涯』矢崎節夫／１９９３年／ＪＵＬＡ出版局
・『新装版　金子みすゞ全集』金子みすゞ／１９８４年／ＪＵＬＡ出版局
・『金子みすゞ　南京玉　娘ふさえ・三歳の言葉の記録』金子みすゞ＋上村ふさえ／２００３年／ＪＵＬＡ出版局
・古書、復刻版を含めての雑誌類　童話・婦人倶楽部・婦人画報・婦人の友・金の星・赤い鳥・愛誦・燭台・蝋人形・少女倶楽部（クラブ）・主婦の友・婦人世界・銀の壺・ミサヲ（みさを）・曼珠沙華・薔薇など

・日本近代文学館、下関市立中央図書館、熊本菊陽町図書館・村崎コレクション「少女雑誌の部屋」の担当者様にも懇切なるご指導をいただきましたことを、あわせて感謝いたします。

◆著者略歴

川合 宣雄（かわい のりお）

海外国内を問わず、自由に旅する旅好家にして小説家。

昭和22年、戦後混乱期のまっただ中に生まれた典型的な団塊人種。アルバイトでお金を貯めては海外を放浪のように旅することが多く、世界60カ国以上に足跡を印す。ガイドブックや海外トラブルに関する著作は多い。ふとした折りに触れた金子みすゞ作品に触発されて研究、投稿作の載った当時の雑誌類を渉猟、未発表作を含む多くの童謡詩を拾い集めた結果を本作に色濃く投影させた。

著書に「少林寺拳法有段者の小説家が女性向け護身術に噛みつく」（ごま書房新社）、「中国超級旅游術」「モンゴル悠游旅行術」「シニア向け海外旅行リスクヘッジ術」（第三書館）などがある。

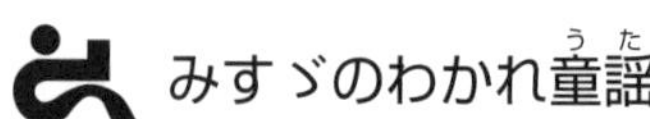

2023年11月20日　初版第１刷発行

著　者　　川合 宣雄
発行者　　池田 雅行
発行所　　株式会社 ごま書房新社
〒167-0051
東京都杉並区荻窪4-32-3
AKオギクボビル201
TEL 03-6910-0481（代）
FAX 03-6910-0482
カバーデザイン　（株）オセロ 大谷 治之
DTP　　海谷 千加子
印刷・製本　　精文堂印刷株式会社

ISBN978-4-341-17242-8 C1095